好·奇

提 供

神 眼 界

朱幽

著

恶果

北京时代华文书局

任何荒诞的行为都是一种特殊的自我保护。

目录

第一章

西泰大厦

　　每一件案件的发生，必定对应着复杂的心理成因，如果这些因素有助于找到嫌疑人，那是必须要知道的。相反，如果嫌疑人已经锁定，那么挖掘这些东西还有什么意义呢？

夜晚，将近十一点三十分，西泰市的街道仍旧灯火通明，仿佛所有人都只习惯夜间出来活动，在该沉睡的时候却还在外面逗留。这样的夜晚注定是不安宁的，因为疯狂的人总喜欢在疯狂的时候做些疯狂的事情。

崔寒还在工作。他不习惯这么早入睡，现在是他的大脑皮层最活跃的时候，他要趁着这个时候把手里的文件都好好整理一遍。

洗完澡，他坐在一张堆满文件袋的书桌前，打开其中一个牛皮纸文件袋，看着上面密密麻麻的文字。湿漉漉的头发末梢偶尔会有水珠滴落。他随手抽出几张纸巾将水擦干，用手往后拨了拨头发，继续聚精会神地看文件。

他觉得实在没有必要花时间吹头发，吹风机发出的"呜呜"声也让他觉得很不舒服。事实上，让他感到不安的不是吹头发这件事本身，而是由它所引起的一系列"连锁反应"。吹头发虽然是一件小事，但它并不是一件独立的事情——任何事情都不是独立存在的。真正让他心生厌烦的，是面前的镜子。

镜子仿佛拥有一种神奇的魔力——它的确具有这种能力，能够看透一个人的内心。尤其是当一个人独处的时候，他的精神会回归到自己身上，身体中的"小我"会无限扩散，恐惧、不安、迷茫等情绪会充斥整个内心，镜子会放大这种效果。

害怕孤独、害怕与内心深处的自己对话，是人与生俱来的恐惧。人类所做的几乎所有事情都是在对抗孤独，排斥这种局面。

崔寒居住的地方位于西泰市的东郊，离市中心有一段距离。这里的人们与生活在市中心的饮食男女大不相同，他们的夜生活要少许多，至多是约几个朋友通宵打牌或者去附近的深夜烧烤店喝酒。

静谧的夜晚有利于思考。这也是他选择这里的主要原因。正因为如此，他需要承受比常人所承受的更多的痛苦。

放在书桌上的手机屏幕突然亮了起来，紧接着，传来一阵刺耳的铃声。崔寒微微皱起眉头，不耐烦地用余光瞟了一眼。屏幕上显示的是"顾峻峰"，下方是对方的手机号码。

他接起电话，还未等他开口，电话那头就传来急促的说话声："崔寒，我知道你还没睡。快来西泰大厦。"

"有命案?"崔寒不紧不慢地说，似乎这种情形对他来说已经司空见惯了。

"时间很紧，需要你帮忙。放心，事成之后，少不了你的好处。"

"还能开得起玩笑，说明案件不难。"崔寒对于所谓的"好处"并没有多大的兴趣，况且它的真实性还有待考证。

"难度是不大，只不过影响很大。我准备出发了，你快来吧，见了面再说。"

崔寒放下手机，拿起讨厌的吹风机，将风力调到最大，并在三十秒内吹干自己的头发。接着，他从衣柜里拿出一套西服——他仅有的一套西服，只有在工作的时候，他才会不情愿地穿上它。他不希望对方因为着装而质疑他的能力，更主要的原因是，他不希望因为某些微不足道的细节浪费自己的时间和精力。

一辆别克轿车从楼房的车库开出。越接近市中心，路两旁的灯光就越明亮，声音也越嘈杂。

尽管市区内糟糕的交通状况影响了他的速度，他还是在二十五分钟内抵达了西泰大厦，与往常在路上所花费的时间相差不到两分钟。形形色色的人将大厦围得水泄不通。警察已经抵达现场。尸体被装进了装尸袋里，由两名身穿白大褂的法医和一名警察一起抬进救护车，然后被运往医院的太平间。

警察在大厦门前用黄色的警戒条划出了一块矩形警戒区域，所有人被迫退到了警戒条以外的地方。最靠近警戒区的一圈几乎站满了扛着摄像机、正疯狂摁着快门的记者，他们的嘴巴不停地张开、闭合，想要把第一手新闻第一时间传递给广大市民。虽然现场只剩下一滩血迹，但他们仍然在试图挖掘出更多人们迫切想知道的离奇故事。

站在外层的是一些不明真相的群众，他们可能刚从旁经过，看到这里聚集了那么多人就过来凑个热闹；也可能看大家都往里挤，自己也就跟着往里挤，其实根本不知道发生了什么事情。

停车场已被乱七八糟的车辆塞满，崔寒只好把车子停在路旁，他务必尽快处理完西泰大厦里的事情，在交警到来之前把车开走，否则他就要吃罚单了。

崔寒奋力往前挤，不停地喊着"借过"，费了好大的力气才终于挤到前面。他看了一眼警戒线内的那滩血迹，几乎可以猜到刚才发生了什么事情。这里的围观群众异常多，还有那么多的记者，可见死者一定是个不同寻常的人物。当然，他也从扛着摄像机的人口中听到了一个人名，只是他并不清楚这个人的身份。

如果一个人不关心任何公众人物，那么他也就不关心这个世界。

正当他撩起警戒条、准备弯腰钻进去的时候，一个警察拦住了他。"你不可以进来。警方正在执行公务，请你赶紧离开。"

崔寒整理了一下衣领，解释说："是顾峻峰叫我来的。快让我进去，这里太挤了。"

"我不知道你从哪里听到了我们队长的名字，但是这里绝不容许外人进入。"警察仍然没有放行的意思。

"这样，你给顾峻峰打电话，问一问情况。"他又理了理头发。

警察本想用挂在左肩的对讲机通话，可在转过头的时候突然意识到了什么，于是掏出手机，拨通了一个号码。

"啊，是。好的。"警察把手机递给崔寒，对他说，"顾队有话跟你说。"

"不用了。我进去找他。"崔寒摆摆手。

警察挂断电话后，冲他笑了笑，"崔先生，顾队说，他在天台等你。"

崔寒深吸了一口气，朝里面走去。经过正门时，他看到门口站着两位警察，随口一问："你们一直站在这里?"

其中一位警察点了点头，"我们到达现场后，就一直在这里。"

"有什么可疑的人从这里走出去吗?"

"我没有看见。"

电梯的门开了，崔寒走了进去，并按下最高层的按钮。

西泰大厦总共有十五层，在顶层的通道末端有通往天台的楼梯。崔寒走出电梯后，径直朝楼梯口方向走去。

他的脚步很快，比平常快了一倍，对他来说，时间就是最重要的线索，证据会随着时间的流逝而逐渐消失。当命案发生时，警方必须在第一时间赶到现场，掌握更多凶手留下的证据，抓到凶手的概率也会更大。

他的眼睛一直在扫视通道两侧的墙壁、房门、门把手、脚垫……不放过任何细节。在到达天台前，他特意检查了封锁天台的那扇铁门。铁门没有被破坏的痕迹，只是门锁被切割了，这应该是顾峻峰的杰作。

正当他探头、四处张望的时候，他听到了一个陌生人的声音："你是谁？怎么会在这里？没看到我们警方在办案吗？"一个年轻的警察朝他喊道。

崔寒没理会那个警察，自顾自地从门口走出来。

对方显得很不耐烦，皱着眉头朝崔寒走去。"你没听到我说话吗？"

紧接着，传来顾峻峰的声音："我叫他来的。你别拦着他，齐帅。"顾峻峰正在检查天台的边缘，头也不回地说道。

"哦，我明白了。"齐帅撇了一下嘴。

简短的接触中，崔寒可以肯定，齐帅还是个初生牛犊不怕虎的新人，他的身上少了一份老警察的从容。后来从顾峻峰的话中得知，他刚从警校毕业，来警局实习，没想到实习第二天就遇到了命案。

齐帅打量了崔寒一眼，眼睛突然一亮，问："你是便衣警察吧？难怪我没见你穿警服。"

旁边的一位女警察搭话了。"以前是。"

"现在呢？"

"侦探。"

"侦探？我没听错吧？警局居然还要找外面的侦探来帮忙，哎呀，真是太丢脸了。"

"说什么呢。别大呼小叫的。"顾峻峰放下手里的工具，站起来，"崔寒是我叫来的。"

"冰彤姐，这到底是怎么回事？"齐帅意识到自己可能说错话了，挠了挠后脑勺。

"别多管闲事，做好手里的工作，回头再跟你说。"赵冰彤一边搭着话，一边继续工作。

崔寒站在原地，扫视了一下四周，见顾峻峰朝他走过来后，终于开口了："说说现在是什么情况。"

顾峻峰挑了挑眉，说："我们接到大厦经理的报案，死者是一位明星，名叫尹单单，在西泰大厦跳楼自杀了。我们赶到时，立即对整座大厦进行了初步排查，发现天台的边沿有摩擦的痕迹，死者应该是从天台坠落的。"

"你的看法是？"崔寒问。

顾峻峰走到崔寒面前，"我收到警局传来的资料，说尹单单曾跟人有情感纠葛，多次以自杀相要挟。经过初步勘察，我初步判断她的死因是自杀。"

崔寒吐了一口凉气，耸了一下肩膀，"看来你可以结案了。这么简单的案子，你还有必要大半夜把我叫来吗？"

说话间，他的眼睛不停地扫视周围，大脑飞速运转着。按照常理，一个人做任何事情都是有目的的，当然也不排除有时只是为了满足情绪上的需求。

此前，她自杀的目的很明显，就是想以自杀相要挟，试图解决情感纠葛。可现在呢？她为什么会独自从天台跳下？她达成目的了吗？还是她已经精神崩溃，只想一死了之？

顾峻峰笑了笑，拍了拍崔寒的肩膀，"碍于死者的身份，杨 Sir 要我在二十四小时内破案。我想，你从下面上来的时候就已经见识到这件事情的影响力了吧。所以我就把你叫过来了。有你在，我放心。我们不是一直这样吗？"

崔寒摇了摇头，"你别忘了，我现在已经不是警察了。"

"我知道。不过我一直很好奇，你当初为什么要离开警局？"顾峻峰微微低下头，用余光偷偷瞄了一眼崔寒——每当他提起这件事情的时候，崔寒总是一脸阴沉。

"以后要是没什么大案子就不要叫我了，"崔寒没回话，

"你应该另有所图吧?"

"哈哈哈……被你发现了。我们最后一次见面应该是在一个半月前,我知道,只有命案才能把你钓出来。趁着今晚有命案发生,叫你出来聚聚。"

"哼。"崔寒冷笑了一下。他向前走了一步,轻声说了一句:"真的结束了吗?"

"你可真是长了一双猫眼,任何事情都逃不过你的眼睛。"

"你也不赖。你应该就比我早到二十分钟吧?这么短的时间就把所有事情处理妥当。总得来说,还是挺靠谱的。"

"好了,我们下去说吧,十五层高的天台待着并不舒服。大厦经理已经准备好了会议室。"

顾峻峰又转过头朝两个还在忙碌的背影说:"冰彤、齐帅,你们做完手上的工作后到二层的会议室来找我们。"

会议室很大,足足有四十平米,中间放着一张长方形的桌子,首尾各有一张椅子,两侧也各摆了三排椅子。

顾峻峰拉出一张椅子,对崔寒做了一个"请坐"的手势。

等崔寒坐下后,他接着问:"你有什么想法吗?"

"谋杀。"崔寒的嘴里蹦出了两个字。

顾峻峰似笑非笑地说:"你怎么确定是他杀而不是自杀?别忘了,死者是具有自杀因素的,她完全有可能因为情绪激动而跳楼自杀。还有一点，现场没有目击证人。"

"你说得没错，有这个可能。这或许也是嫌疑人想让我们看到的。"

"你的证据呢？"

"证据就在我们脚上。"

"欲盖弥彰。"崔寒和顾峻峰几乎同时说出这个词。

"我到达天台的时候注意到，地面虽然没有积水，却十分潮湿。今天没有下雨，这地上的水是从哪里来的？据我所知，这座大厦管理还算完善，如果有水管爆裂的情况发生，物业是不可能置之不理的。由此可以确定，案发现场一定还有另外一个人。案发后，这个人故意割破水管，试图用水冲刷地面，掩盖证据。"崔寒说。

"你怎么能够断定水管是嫌疑人割破的，不是在嫌疑人离开后爆裂的？你都没看裂口。"顾峻峰问。

"脚印。嫌疑人在割破水管的时候，不小心把鞋子弄湿了。我上来的时候看到楼梯上有一行浅浅的脚印，一直从天台通往消防楼梯。只有鞋底接触过水，嫌疑人踩过的地面上才会留下水印。等水干了，鞋底的泥渍就会在地面上留下一个浅浅的印迹。显然，嫌疑人是从消防楼梯逃离了。"

"嫌疑人为什么要杀人灭口呢？对方还是个明星。"

"这不是我该管的事情。天下人做天下事，你永远猜不透别人在想什么。只要能找到嫌疑人，我才没有那么多的精力去考虑这些琐碎的问题。到时候你可以亲自审讯他，这些是警察的事情，不是我的任务。在没有必要的时候，我对案件的经过也不感兴趣。"

崔寒瞥了顾峻峰一眼，继续说："每一件案件的发生，必定对应着复杂的心理成因，如果这些因素有助于找到嫌疑人，那是必须要知道的。相反，如果嫌疑人已经锁定，那么挖掘这些东西还有什么意义呢？"

"你的推论看似很合理，"顾峻峰没接崔寒的话，把焦点拉回到案件本身，"但其中缺少了一个重要环节——没有任何人看到嫌疑人行凶的过程。死者完全可以是自己跳下去的，或者不小心滑下去的，你所说的嫌疑人恰巧就在旁边。"

"如果真是那样，那么他就没有必要割破水管了。他这么做恰好证实了一点——他是有预谋的，因为他的身上携带刀具。我还有一个推论：嫌疑人可能跟死者认识，可能就是他把死者约到天台。至于他为什么要这么做以及他们在天台上做了什么，我就不得而知了。还记得那把封锁天台铁门的锁吗？那是一把挂锁，锁钩有一道被切割的痕迹，我想那是你让人做的。我查看了铁门边缘的铁锈，这扇门应该是长期关闭的，没有被撬动的痕迹。死者能拿到铁门钥匙的可能性微乎其微，只有嫌疑人手中有这扇铁门的钥匙。大厦的一层和地下一层是商场、二层到六层是办公楼、七层到十三层是西泰酒店，死者有可能是西泰酒店的房客。我上来的时候，电梯上并没有八到十三层的按键，外界电梯只能经过酒店大堂，不经过酒店的其他楼层，酒店有自己的电梯，但是消防楼梯是连通的。嫌疑人用手里的钥匙打开天台的铁门，等待死者进入。

"你看到的画面应该是这样的：当你赶到天台时，铁门是锁着的。你或许能听到铁门外有'吱吱'的喷水声。你切断了锁钩，推开门后，看到地上漫着一层水，一根破裂的水管正在往外喷射。接着，你叫人修补了裂口。切断水源后，天台上的水很快就通过下水管道排干了。"

崔寒继续说："我只是分析一下我看到的和想到的，剩下的你来补充。"

"不愧是我的老搭档，"顾峻峰的脸上露出了一丝久违的敬佩的神色，"没想到，你仅仅是在来的路上就把案件大致分析清楚了。"

"快点行动，"崔寒左侧眉尖微微挑动了一下，"嫌疑人还在大厦之内。"

"你放心好了，我已经有安排了。"顾峻峰气定神闲地说，"很快就会有结果的，我们在这里耐心等待吧，顺便跟你说说我们掌握的情况。"

"别忘了我的身份。"崔寒刻意提醒顾峻峰。

"我知道，你现在是侦探嘛。虽然你已经离开警局一年了，但我们依然是好兄弟，杨 Sir 也从来没有把你当外人，我们还经常合作，不是吗？今天这事纯粹是交流探讨，不涉及机密，你大可放心。"

顾峻峰继续说道"你的猜测都对。我们赶到这里时，大厦的保安已经把大门封锁起来了，据他们所说，在警察来之前，他们没有让任何一个人离开这座大厦。我们查到，死者的确在西泰酒店办理了入住，我们从酒店的监控中看到，死者乘坐酒店内部电梯到达十三层，并且拐入消防楼梯。由于消防楼梯里没有安装摄像头，我们不能断定接下来发生的事情。不过，我们从监控中看到，死者在进入消防楼梯前一直拿着手机在跟人说话，警方已经查到，死者接到的电话是从这座大楼里打出来的。电话的户主是：姜明，男，46 岁，西泰大厦的清洁员。"

"这个姜明极有可能是我们要找的嫌疑人。"

"没错，我也是这么想的。"顾峻峰接着说，"我们检查了死者的鞋底，是干燥的，说明死者在坠楼之前，天台上没有水。这更加确定了我的猜测。我立刻让刑侦队的兄弟们对整幢大厦展开排查。"

话音刚落，顾峻峰的手机铃声响了，他接起电话，神情凝重地答了声"好"后，立刻转过头对崔寒说："嫌疑人找到了，就在十四层的 1402 室。我们上去吧。"

第十四层与第十五层一样，所有的房门都是紧闭的。据大厦工作人员介绍，这两层在三年前就已经闲置，原先是几家公司的办公室。平日，这里除了巡逻的保安偶尔会经过，根本看不到任何人影。要不是今晚有警察查访，这里是不会这么热闹的。缺少人气的地方，仿佛连灯光都显得极为昏暗。

1402 室是消防楼梯拐角处的第一间房间，对面是 1401 室。当崔寒和顾峻峰赶到时，六个警察已经将门口围住。锁眼里正插着一把钥匙。

"顾队，"有个警察向顾峻峰报告情况，他边说边用眼神瞥着房门，"就在里头。"

"现在什么情况？"顾峻峰问。

"里面有动静。我们插入钥匙准备开门的时候，里面传出了尖叫声，是个男人。"他回答。

从他的话语中可以听出，他是一个训练有素的警察——只陈述客观事实，不妄加评论。如果换成是新来的齐帅……崔寒不禁叹了口气。

"你们做得很好，"顾峻峰轻轻地拍了一下他的肩膀，然后转身面朝房门，冲着里面的人喊，"姜明。你就是姜明吧？你已经被包围了，反抗是没有用的，跟我们回警局。"

里面又传来了一阵声响，隐约可以听见房内的喘气声。

刚才说话的警察向顾峻峰征求意见："顾队，要不要我们现在把门打开?"

顾峻峰点了点头,轻声说:"小心。嫌疑人极有可能携带刀具。"

大家心领神会地点了下头,又相互对视了一眼,端着枪,对准房门。开门后,但凡嫌疑人有过激的举动,他们就会立刻将其击毙。

顾峻峰站在门框边缘,用左手的大拇指和食指捏住钥匙,轻轻转动。所有人都屏住呼吸,目光全部集中在房门与门框之间的缝隙上。

当听到门锁传来"咔嗒"一声后,顾峻峰用力推开了房门,接着迅速将手缩回。所有警察都将枪口瞄准房内的人:"不准动,把手举起来。"

一个穿着大厦工作服的中年男人瘫坐在房间最里端的墙角处,他手里拿着刀,正指向门口,嘴巴一直在嘟囔,但是声音太小,根本听不清他在说什么。

房内一片狼藉,两张桌子和六把椅子随意堆放着,灰尘、纸屑将地面全部覆盖住,只有在嫌疑人留下的鞋印处才能隐约看到地板原本的颜色。

崔寒站在顾峻峰的旁边,冲着中年男人喊道:"姜明,快把刀放下。"

"有什么事,放下刀后再说。"顾峻峰又说。

"别过来……你们都出去……"姜明一边用左手撑着布

满灰尘的地板，缓缓地将身体靠向墙角深处，一边吞吞吐吐地说，"你们别过来……"他瞪大了双眼，将刀架在自己的脖子上，"你们要是再往前走一步，我就割下去……"

"别冲动。"顾峻峰冲着他大喊，又慢慢降下声调，"冷静，冷静。听我说，把刀放下……我们不会对你怎么样。"他的身体缓缓向下蹲，伸出双手，掌心朝下，慢慢摆动着……

姜明先是哆嗦了两下，之后渐渐冷静下来，架在脖子上的刀也挪开了。但是这种平静只是暂时的，当他看到顾峻峰往前挪动了一步后，又立刻变得慌乱起来，再次把刀抵在自己的脖子上。

顾峻峰一时间有些不知所措，他没有办法继续向前，只好退到门口。"你看，我已经退回去了，你也把刀放下。我现在伤害不到你，你没必要一直举着。"

"不行……你们有枪……快叫那些警察走开……"姜明冲着顾峻峰嘶吼。他的声音时断时续，俨然是在做最后的挣扎。

顾峻峰转过头，对身后的六名警察使了个眼色，"你们就别在门口待着了。"

"可是顾队，你的安全……"其中一名警察面露迟疑。

"我这里不还有个帮手嘛。"顾峻峰压低了声音说。他又转过头与崔寒对视了一眼。

"收队。"六名警察分别退到了门口两侧，但注意力仍旧保持高度集中，手里的枪也一直没有放下。

顾峻峰对姜明说："我已经按照你的要求做了，这里没人能伤得了你。"

"你……还有一个人……"姜明把目光投到了崔寒身上。

"他不是警察，没有武器。你看他这小身板，你收拾他绰绰有余。"说着，顾峻峰瞟了崔寒一眼，抿着嘴偷笑。

崔寒无奈地解开西服上的两颗纽扣，两只手抓住衣襟，将西服敞开，示意自己没有携带任何武器。

"现在你可以放心了。把刀放下吧，这样举着，手也挺累的。"顾峻峰仍在耐心地劝说着。

"好……好，你们不要过来……"短短一句话，姜明说得非常费劲，中途还咽了一下口水。接着，他慢慢放下手臂，把刀握到了胸前，双手不住地颤抖着。

就这一句话暴露了姜明的心理弱点。崔寒觉得已经找到突破口，用眼神示意顾峻峰赶快行动。

顾峻峰心领神会地点了点头，立刻问姜明："尹单单是你杀的吗?"

听到尹单单的名字后，姜明的身体不自觉地哆嗦了一下。"是……不，不是……不是我……是她自己掉下去的……"

"她为什么会掉下去呢?"

"我不知道……我只是轻轻地推了一下……"姜明的眼睛睁得很大，眼珠似乎马上要掉出来，全身处于亢奋状态。

他继续说："我很轻地……我就轻轻一推……她就自己跳下去了……嗯，她在忏悔……是忏悔……为自己做的事情忏悔……"

"你为什么要推她下去？"

"为什么？"姜明突然激动起来，"她该死啊……你们知道……她在背地里都干了什么事吗？"说着，他开始疯狂地摇头，"不……你们不知道……不知道……她是一个丑陋的人，她做了太多的坏事……上帝派我来收拾她……她……死有余辜。"说最后四个字的时候，他的声音变得格外高亢。

"她对你做了什么吗？"

"她欺骗了我，欺骗了所有人……她的罪孽太重了……我必须杀死她，对，一定要杀死她……我不能让她继续害人……"

"你没有权力审判一个人，只有法律才有审判他人的资格。"崔寒说。

"不是我要审判，是上帝……我是上帝的使者……我只能听从上帝的指令……"

"你能看到上帝？"崔寒继续问。

顾峻峰转过头来，瞪大眼睛看着崔寒。"他已经疯了，你也跟着疯？"

"没错……"姜明将头微微向上抬起，透露着虔诚的目光，"上帝要她死……我一定要听从上帝的指令……"

"上帝在哪里？"崔寒似乎很感兴趣。

"我躺在一朵洁白的云上，上面是蔚蓝的天空。我闭上双眼，小鸟的歌声在我耳边萦绕。上帝会在云中现身……"

"说什么鬼话，"顾峻峰打断了姜明的胡言乱语，"你怎么知道尹单单的手机号码？"

"只要肯花时间，总能知道的。我的时间最多了……"姜明仍沉迷于自己的幻想之中。

"你怎么知道她今晚会入住西泰酒店？"

"我说过……只要花时间，就一定能够等到……我会在这里，等到死……"

"她怎么会跟你上天台？你对她说了什么？"

姜明突然皱起了眉头，露出了诡异而邪魅的笑容，"要对付她很简单……每个人都有弱点，只要看到我留下的那三个字，她就会乖乖地听我的话了……"

"什么字？"崔寒立刻追问。

姜明张着嘴，下巴不住地颤抖着，什么声音也发不出来。突然间，他的目光开始涣散，身体一下子僵硬了，如同一尊雕塑。紧接着，在毫无征兆的情况下，他举起手中的刀，在自己的脖子上抹了下去。鲜血即刻从他的颈动脉喷射出来，就像水从割破的水管里喷射出来一样。空气中立刻弥漫着刺鼻的血腥味。

崔寒和顾峻峰立刻冲过去。崔寒的一只手抓住姜明的右手手腕，防止他手上的刀伤到自己，一只手用力按住脖子上的伤口，以减少血液流出。

顾峻峰朝门口喊道："快叫救护车。"

此时的姜明已经奄奄一息。崔寒知道姜明应该等不到医生赶来，立刻问他："哪三个字？"

姜明的嘴里满是鲜血，根本说不出任何话。一阵抽搐过后，他停止了呼吸。

崔寒让姜明的尸体平躺在地上，慢慢将手从他的脖颈处抽出来。另一只手也松开了，与此同时，姜明的右手瞬间滑落，手里的刀也掉在了地上，发出刺耳的声音。

崔寒本能地朝声源处看了一眼，他的目光扫过了姜明的右手。刹那间，他发现这只手的手背上有一个红点，周围还有一圈红晕，像是打完吊针后留下的针眼。

不过造成这种微小创口的可能性太多，与命案本身似乎并无关联，至少在姜明割断颈动脉自杀前，他还是活生生的。

崔寒的目光只是一扫而过，没有停留过长时间。他再次将注意力集中到正在往外冒血的刀口上。

顾峻峰看了崔寒一眼，见他眉头紧锁，神情凝重，问："你怎么了？"

崔寒摇了摇头，"没什么。"

"哎……"顾峻峰叹了口气，"我也没想到会是这样的结局。行了，你也别想太多。有什么事，我担着。"

赵冰彤和齐帅冲进房间，立刻被眼前发生的这一幕震惊了。齐帅指着一动不动躺在血泊中、脖子和口腔不住往外流血的尸体，上气不接下气地说："顾队，这……这到底是怎么回事？"

"自杀了。"崔寒叹了口气。

"我说你们两个跑哪里去了，"顾峻峰站了起来，对着气喘吁吁的两个人说，"怎么现在才来？"

"啊？哦……我们在天台收拾完东西之后就去了二层的会议室找你们，可是你们不在。我从一位师兄那里打听到你们在这里，马上就赶过来了。然后就……"齐帅无法掩饰自己的慌乱。

"还好意思说。要不是你做事情磨磨蹭蹭，一点都不利索，我们早就到了。"赵冰彤冷冷地说。

"好了，"顾峻峰说，"再交给你们一个任务，你们俩在这里等法医过来。完事之后，就回家睡觉吧。记住，明天上班可别迟到了。"

"是。"

"我们走吧。"顾峻峰对崔寒说。正当他们快要走出房门时，顾峻峰又转过身来对赵冰彤和齐帅说："记得叮嘱法医，让他们快点出报告。就算我们等得了，媒体也等不了，别忘了大厦门口那架势。"

"放心吧，顾队。"齐帅挺直了腰板，"保证完成任务。"

第二章

疑点重重

　　崔寒隐隐地觉得姜明的身份不只是一个"凶手"那么简单，他的身上似乎隐藏着一个不可告人的秘密。

走出大厦门口时，崔寒看了一下手表，现在是午夜零点五十八分。十一月的中旬，天气已经转凉，尤其是在深夜。他只穿着一件西服，寒意总会不经意间从领口蹿入，直击心脏。

围在西泰大厦门前的人群已经散去，记者们也都离场，他们要赶回去，把到手的第一手资料以最快的速度整理成新闻稿发布出去。街道恢复了午夜应有的模样，没有人群，没有闪光灯，没有喧闹，现场只剩下被四根支架撑起来的警戒条和警戒区域内的那一滩已经凝固的发黑的血迹。

崔寒在穿过马路的时候，不自觉地扭头往西泰大厦的方向看了一眼，脑海里浮现出许多念头：这就是一个人的结局吗？世界上真的有报应吗？所谓的善与恶真的有明确的界线吗？

原本他与顾峻峰并肩行走，可走着走着，他的脚步明显放慢了。顾峻峰看到他精神有些恍惚，退回来，用肩膀挤他了一下，"你怎么了？"

崔寒这才回过神来。"没什么，想起了一些事情。"

"什么事？"

"不说也罢。"

"你这人就这样。"顾峻峰撇着嘴说，"总是吊人胃口。不说就算了，我还没打算听呢。"

他没理会顾峻峰，而是下意识地低下头，看了一眼留在西服上的血渍——这是姜明留下的。出大厦前，他只是简单地洗了一下手。

顾峻峰似乎意识到什么，笑着说："本来想请你吃夜宵的，不过眼下这种情况，夜宵肯定是吃不成了，我还得回去忙些事情。这样吧，你把衣服脱下来，我帮你洗干净，再给你送过去。"

"你来洗？"崔寒停下脚步，诧异地看着顾峻峰。幸好他们已经走到了马路对面。

"我有那么闲吗？为了回报你大晚上赶过来，我帮你把衣服送去干洗店，恰好我的衣服也要拿去洗洗。"顾峻峰转念一想，"话说，你的那些毛病是时候该改改了。"

"别说这些了。"崔寒说，"你快回去吧。警局还有一大堆事情等着你去处理。就今天这种情况，批评肯定是少不了的。"

"什么怪毛病？"顾峻峰伸出手，"把衣服拿来。"

崔寒一耸肩，脱下西服，交到顾峻峰手上，"我就这么一件，你动作快点，不然下次出门我就没衣服穿了。"

"我什么时候让你失望过？"

"今晚还不算吗?"

"当然不算。"顾峻峰瞟了崔寒一眼,"你让查的那件事情有一点眉目了。对方是一个女孩。"

崔寒的神情有些淡然,只是眉尖轻微地挑动了一下。作为回应,他"哦"了一声。

"你干吗搞得这么神秘?"顾峻峰的语气中带着少许戏谑。

"你没有跟别人说起过吧?"

"放心。除了我之外,没有人知道——就连杨 Sir 也不知道。"

"那就好。"

"这件事情跟你有关吗?"

崔寒没有回答,转身走开了,脚步很快。

一辆黑色别克轿车停在人行道的边缘。

当他们走近时,崔寒发现有一张纸条正压在雨刮器下。他拿起来一看,脸色瞬间就沉了下去。

"这是什么呀?"顾峻峰走上前去,抢过纸条,看了一眼后,大笑起来:"哈哈哈……你这是恶有恶报。被贴罚单了吧。"

大半夜的还有交警来贴罚单?崔寒转念一想,可能是这里出了命案,警察都集中到这里。

"这罚单得你来付。"崔寒指着罚单说。

"怎么是我?我又没让你违章停车。"

"你叫我出来的，罚单理应你来付。"

顾峻峰迅速将罚单塞回到崔寒手中，转身朝马路对面跑去。"开车小心点。衣服过几天我会送过去的。别忘了交罚单。"

崔寒回到家时，时钟显示是凌晨一点半。即便身上已经找不出任何与血液相似的颜色，但他还是感到非常难受，似乎只要一呼吸，就有一股血腥味夹杂着空气进入他的身体。他把衣服扔进了洗衣机，打开热水器，又冲了一遍澡。之后，他再次坐到书桌前，一边翻看文件，一边等待头发自然风干。将近凌晨三点时，他才合上文件夹，准备睡觉。

他把手伸向床头柜的上方，按了一下电灯的开关。黑暗瞬间将他整个人包裹起来，他几乎无法确定自己的眼睛是闭着的还是睁开的。静谧……死寂……除了自己的心跳声和呼吸声，他听不到任何声音。他察觉到自己的呼吸开始紊乱了，这种感觉很不好，可又说不出任何缘由来。他觉得自己的身体略微有些不受控制，脑干以下的部位全麻木了，可他明明什么都没有做；他又觉得自己似乎躺在什么东西上，一会儿很硬一会儿又很软，可他的后背下方明明只是一张床垫。

他做了两次深呼吸，心绪才慢慢平复下来。他这才察觉到，原来周围并不是没有一点声音：卧室里，装在塑料袋里的东西因为没有摆放平整而滑落，与塑料袋发出摩擦声；卫生间里，还没来得及修理的抽水马桶发出轻微的流水声；屋外的草丛里，一只没有在入秋前找到伴侣的蟋蟀一面唱着歌，一面继续寻觅，可能它的生命将在这充满寒意的秋风中终结……

　　终于，他的所有感知都被疲倦驱散了。他确定自己的眼睛已经闭上……

　　当他睁开眼睛的时候，已经是上午九点。他从床上爬起来，披了一件衣服，走到窗前。他没有立刻拉开窗帘，而是隔着它感受阳光的温度。他忽然产生了一个想法：世界上有一部分人是惧怕阳光的，他们一直生活在黑暗里，这样的人生是失真的。

　　记者们顺利地达到了他们的目的：几乎全市的人都知道了昨晚发生在西泰大厦的命案：

　　　　昨天晚上十一点三十分，明星尹单单从西泰大厦天台坠落身亡。警方仅用一个小时就侦破了此案。凶手疑似患有严重的精神疾病，在警方赶到时，凶手用匕首割破了自己的颈动脉，失血过多而死。

　　　　警方呼吁全体市民：夜间尽量减少外出；若遇到形迹可疑的人，请立即报警。

崔寒缓缓地呼了一口气，像是在与一件事情做简短的告别。的确，他没有理由过多干涉昨晚的案件——他没有正式受理这件案件，而且案件的结果已经十分明了了。

第三天下午，崔寒接到顾峻峰的电话："今晚在家吧？我去找你，顺便把你的衣服送过去。"

"好。我在家等你。"

"下了班，我就过来。"

刚过六点钟，崔寒家的门铃就被人按响了。他原本以为是顾峻峰送衣服来了，可当他打开门的时候，门口却站着那晚在西泰大厦天台碰到的两个警察。

"崔老师，我正式介绍一下我自己：我叫齐帅，人如其名，"齐帅用手在脖子的前方比划了一下，"前几天我们见过面的。你肯定记得我。哦，这是我们警队的警花——冰彤姐，你们应该认识的。"随后他伸出右手想要跟崔寒握手。

崔寒没搭理他，看了赵冰彤一眼，"顾峻峰没来？"

齐帅只好把手缩回来，放在后脑勺上，尴尬地笑了笑。

"顾队本来是要过来的，可他有事去找杨 Sir 了，又怕耽误时间，就让我们把衣服送来了。"

崔寒点了点头，"先进来吧。"

齐帅率先冲进去，将清洗干净的西服放在了沙发上，一面四处打量，一面感叹："哇，崔老师你竟然住这么豪华的房子。"

崔寒本不想回话,对于类似这种的外部评价,他总是习惯性地忽略,但"崔老师"这个称呼听起来实在别扭,"别叫我老师,我不是老师。"

"不叫老师,那就叫'冷脸王'……"说完最后一个字,齐帅马上意识到自己说错话,咧着嘴笑,"叫'寒哥'吧,这总没问题吧?冰彤姐已经把你的事情都告诉我了。你就是我的偶像,我真是太崇拜你了。要不是我现在在警局实习,我就跟你了,给你当助理。哎呀,你要是早两天出现就好了,我肯定放下我的实习工作。听说你之前协助邻市警局侦破了一桩大案,还得到了表彰。我想报酬应该也不少吧?不然怎么能住上这么好的房子呢。我得多向你学习。"

"房子是租的,不是我买的。还有,你说的那件案子我没有得到任何物质上的好处。"崔寒冷冷地说。

齐帅根本没听进去,仍旧到处乱蹿。

崔寒坐在沙发上,问坐在对面的赵冰彤:"尹单单的案子有什么新的进展吗?"

这两天他一直忙于其他事情,没空看新闻,要不是今天赵冰彤来家里,他没想过过问此事。

"应该要结案了。"赵冰彤回答。

"找到了什么新线索吗?"

"没有。还是老样子。"

"这就结案了？"崔寒的脸上露出一丝狐疑，"凶手已经确定了，但还是存在不少疑点。哦，你当时没在场，可能不知道。这件事情我要问问顾峻峰。"

"就目前掌握的证据而言，这件案子已经非常明了了。"

"我知道了。"崔寒微微点了点头。

"没有其他事情的话，我们就先回去了。"

"好。"崔寒站起来，转过身朝屋子的里侧看了一眼。

"齐帅，"赵冰彤站起来，"我们回去了。"

"等一下，我在参观寒哥的卫生间。"里头传来齐帅的声音。

赵冰彤只得尴尬地朝崔寒笑了笑，然后快速走进去，把齐帅拽出来。

"就不能再待一会儿吗？再给我一分钟也行。"

"一秒钟都不行。"走到门口后,赵冰彤转身向崔寒道歉："打扰了。"

送走了赵冰彤和齐帅后，天已经彻底黑了。崔寒没想出去吃饭，准备泡一碗泡面将就一下。

他掏出手机，关闭"静音"功能，将屏幕朝上，放在一旁。

在打开泡面前，他用余光瞄了手机一眼，确定屏幕没亮后，拿起泡面桶中自带的白色塑料叉，对付今晚的晚饭。

他不准备给顾峻峰打电话，但他知道，顾峻峰一定会打电话过来。手机到现在还没有响，可能是顾峻峰正忙于其他事情。然而过了很久，手机屏幕依旧保持原状，这有点出乎他的意料。凭他对顾峻峰的了解，他早就应该接到顾峻峰的电话。

此时，门口传来一阵急促的敲门声，随之而来的，还有一阵轻微的喘气声。他断定来的人一定是顾峻峰，因为顾峻峰没有按门铃的习惯，敲门的时候会连续快速地敲四下。

打开门后，崔寒第一句话就是："衣服我已经收到了，你没有必要又过来一趟。"

"还好，现在不是下班高峰期。"顾峻峰径直朝沙发走去，"本来想给你打个电话就算了，不过电话里说不清楚，我觉得还是有必要过来一趟。"

"是关于尹单单那个案子？"崔寒走到桌边，又从柜子里拿出一桶泡面，"你应该还没吃晚饭吧？要不要来一桶？"

"就吃这个？"

"不吃就算了。"崔寒毫不客气地说。然后他弯下腰，打开柜门，准备把泡面塞回柜子里。

"哎哎哎……你这是待客之道吗？我也没说不吃。你泡着吧。"顾峻峰转过头去，"话说你住的这是什么地方，附近连一家好吃的餐馆都没有，你还是趁早搬回市区得了。"

"我觉得这里挺好的。"崔寒把泡好的面端到顾峻峰面前，自己也坐在一边的沙发上，"听说你们打算结案了？"

"对。"顾峻峰伸出手，将泡面挪到自己面前。

"你不觉得这件案子还有不少疑点吗？"

"可能吧。"

"你不想知道尹单单背后的故事吗？"

"你不是向来对故事不感兴趣吗？"

"我只是对已知的事情不感兴趣。既然……"

"尹单单的案子就到此为止吧。反正凶手已经确定了，证据链也是完整的，没有什么必要继续查下去。"顾峻峰打断了崔寒的话。

"可是……"

"我知道你在想什么。"顾峻峰再一次打断他的话，"现在的情况是铁证如山，我们没有必要在这件事上继续浪费更多时间。"

"这是杨 Sir 的意思吧？"

"嗯，"顾峻峰点了两下头，"可能，不只是杨 Sir。"

说着，他撕开包装纸，闷着头吃泡面，发出"咕噜咕噜"的声响。

崔寒没有再说一个字，直到两人都吃完泡面。他起身送走顾峻峰，叮嘱对方，夜晚开车小心。

深夜，崔寒独自坐在书桌前。虽然面前堆满了文件，但他却无心翻动。他的身体几乎保持绝对的静止，可脑海中却浮现出不同的画面——太多的疑问在一瞬间同时冲击着他的大脑。

凶手最后为什么要自杀？是害怕受到法律的制裁，还是后悔自己的所作所为？凶手在某一时刻选择自杀，是必然，还是偶然？凶手在临死之前一直不肯透露的话究竟是什么？这些问题现在已经无从查证，很多线索也伴随着姜明的死亡而彻底中断。

他隐隐觉得这桩案件似乎不像表面上看起来那么简单，至少还没有人能解答他的所有疑问。

"如果能看到尹单单和姜明的验尸报告，"崔寒自言自语着，"也许有些谜团就能解开——顾峻峰一定知道一些事情……"

然而，在这件案子上他不敢像以前那样确定，顾峻峰说话的时候含糊其辞，或者他真的知道些什么无法明说。

"算了。"崔寒摇了摇头。他决定单独调查，说不定会有意外收获。实际上也谈不上调查，一来他没有接受任何人的委托；二来他也没有确切的证据，由始至终只不过是一些奇怪的直觉罢了。

根据现在的情形，大致可以从两方面下手：第一，从尹单单身上入手。姜明在死前曾说过尹单单在背地里做过不少见不得光的事情，这些事情很有可能是一个突破口。第二，从姜明身上入手。姜明是西泰大厦的清洁员，他的同事可能知道一些事情。

他承认，自己在一开始的时候对案件并不关心，原因是他完全可以凭借自己的侦探头脑还原案发现场，不费吹灰之力就能精确锁定嫌疑人。他无需关心嫌疑人的想法，他的目的是抓住嫌疑人。可后来呢？案件虽然有了结论，但无数的疑问却无法解答，这让他将注意力转移到案件的背后。

第二天，他特地在八点前起床，穿上昨天刚送回来的西服。他的第一站就是尹单单的公司。

他从网上查到尹单单公司的地址，然后开车前往市区。当他到达目的地的时候，发现公司的大门上缠绕着一根大拇指粗的铁链，一把大锁挂在铁链末端。

他询问了附近上班的人，得知尹单单出事的第二天早上，她的公司就关门了，里面所有的文件连同工作人员一起悄无声息地消失了，只留下了一个空壳。此后，他们再也没有看到有人进入过这层楼。

崔寒拨通了物业公司的电话，得到的反馈是，当时租赁办公室的并非尹单单本人。他想继续追问时，对方挂断了电话。

他忽然想起一件蹊跷的事情：尹单单坠楼事件至今已经过去了四天，但是关于她的新闻却寥寥无几。以尹单单的影响力，记者肯定会疯狂地报道此事，谁也不会眼睁睁地看着这条宝贵的新闻资源流失。甚至这件事情会继续发酵，挖掘出许多不为之人的娱乐圈内幕。可事实上，自案发后第二天早上那条简短的新闻后，根本没有后续报道。唯一的解释是，有人强制压住了关于尹单单的所有新闻。自此，尹单单就像是人间蒸发了一样。再过一段日子，谁也不会记起她曾经在这个世界上存在过，这正是幕后的人所希望看到的。

或许尹单单身上隐藏着一个巨大的谜团，涉及情感或者钱财，正如姜明所说，她不只是一个被害人那么简单。可与此事有关的所有人都选择缄口不言，他也无从下手。如果一桩案件，原告选择沉默，而被告又已经死亡，那么还有查下去的必要吗？就算所有的事情真的有一天真相大白，又有什么意义呢？

"我真的想知道那些背后的事情吗？"崔寒问自己。

一上午毫无所获，崔寒只能再次钻入车中。将近中午十二点时，他抵达西泰大厦。这一次，他把车停进了停车场。

新宁路是全市最繁华的街道，西泰大厦正位于市中心的商业圈内。即便是过了午夜，这里也有二十四小时对外营业的餐厅。

崔寒在进入大厦前，眼睛不自觉地朝右下方看了一眼。

那块区域正是尹单单坠落的地方。当时地面上有一大滩血，现在已经被清理干净了。警戒条早已被拆除，无数只脚从那里踏过，留下无数个脚印，又被之后无数个脚印覆盖。人们的脸上洋溢着笑容，或是在打电话，或是跟旁边的人交谈，仿佛这里从来没有死过人。对于别人的生命，人们通常表现出来的态度就是漠然。

琳琅满目的商品吸引不了崔寒的注意，他只是随意找了一家餐厅，吃了一份简餐，就径直走上二楼。

几天前的晚上，他曾跟顾峻峰一起来过这里，大厦经理对他并不陌生。经理先伸出手，跟他打招呼："你是崔先生吧。敝人姓张，张自立。"

崔寒勉强伸出手，象征性地表示自己的善意，"我今天过来，是想了解一下姜明的情况。"

张自立感到纳闷，"案子不是已经结了吗？还要再查吗？"

"顾峻峰这两天来过这里吗？"崔寒扯开话题。

"没有，"张自立摇了摇头，"不过，赵警官和齐警官来过。昨天下午，我们接到警局的回访电话，说是已经结案了。"

"我知道。"崔寒点了点头，继续说，"他们问了哪些问题？"

"齐警官说例行公事，拿了一份姜明的简历，然后就走了，没多说什么。"

"齐警官？"

"对。他的名字叫齐帅。"

"哦，齐帅。"崔寒的嘴角轻微地动了一下，"他要了简历？你们这里的清洁员还有简历？"

"那当然，"张自立的语气中带有一丝得意，"清洁员跟清洁工可不同。清洁员做的工作可不只是打扫卫生那么简单。我们大厦的清洁工作非常到位，从业人员都是经过精选和分类的。不同工种，职责不同。你别看一个字的差别，做的事情是不一样的。我们大厦的安保……"

"能给我一份姜明的简历吗？"崔寒不想继续从张自立的口中听到一些无用的信息。

"没问题。你等我一会儿，我找人事部的同事打印一份。"说罢，张自立转身走开了。

当他再回来时，张自立将一张 A4 纸递给崔寒。

崔寒快速扫了一眼，看到简历右上方有一张姜明的一寸黑白照片。然后，他把简历放进了公文包内，继续问："姜明来这里工作多久了？"

"嗯……我想想……"张自立的眼珠在眼眶内打转，"大概有一年半时间了。"

"你觉得他这个人怎么样？"

"他吧，做事还挺认真的。他当时工作还没满一年，但以优秀的成绩拿到了去年的最佳员工奖。按理说，员工入职第一年是没有资格评选的，这种事情在我们公司还是第一次。但老实说，我总觉得这个人有点古怪。"

他仔细回想了一下，继续说："他平常总是不说话，别人跟他打招呼，他也不理人，最多就是点一下头，好像所有人都欠他钱一样。大约在一个星期前，他似乎变了一个人，爱跟人说话了，还会跟人开玩笑。我跟他打招呼，他还对着我傻笑呢。你说奇不奇怪？"

"你的意思是，他的性格突然发生了转变？"崔寒的眉尖跳动了一下。

"是啊。我也有些奇怪。这种变化很突然，就像……"

"什么？"

"这么说吧，如果你跟一个多年没有联系的朋友见面，发现他有很大变化，这不足为奇。有句老话说得好：士别三日当刮目相待。哈哈……"张自立憨笑了一下，"班门弄斧了。但是，如果这个人就在你的眼皮子底下，突然有一天，你发现他性情大变……不过，既然他工作没有出现问题，我也就没太放心上。我们公司的管理还是很人性化的，作为管理层，我们不能要求每一个员工完全剥离自己的个性。话又说回来了，这也不是什么坏事。"

"他前段时间是不是经历了什么事？"人往往会在经历某些重要事情后，性格发生转变，崔寒心想。

"没有吧，"张自立思索了片刻，"我没听人说起过，他也没跟我请假。你是觉得他杀尹单单那件事跟他的性格转变有关?"

"我没这么说,"崔寒摇摇头,"我不便下结论。警方已经结案了,我只是想了解一下。你知道姜明住哪里吗?"

"他住公司的员工宿舍,"张自立不自觉地往后转了一下头,"公司有安排宿舍,我们为员工考虑得特别周到,员工可以申请入住,只不过大家都不愿意住在这里。"

"为什么?"

"宿舍哪有家里舒服啊。谁会有家不回?"

"姜明在西泰市有家人或者亲戚吗?"

"据我所知,应该没有。他很少离开公司,也没听他说过要去什么地方拜访亲戚。我记得当时聘用他的时候,他说自己是从华意市来的,父母都在老家。"张自立缓缓地摇头。

"我能理解为,你们虽然在一起工作了很长时间,但是你对他的了解仅停留在表面?"

"嗯……算是吧。"张自立的脸颊微微泛红,显然他面对这个问题时有些尴尬,不像回答前几个问题时那么自如。

"你能带我去姜明的宿舍看一下吗?"

"没问题。"张自立接着说,"我觉得里面应该没什么特别的,警察已经去过一趟了。你确定还要进去?"

"对。"崔寒郑重地点头,"我还没进去看过。"

"那好吧,你跟我来。"

崔寒跟着张自立先去了一趟办公室，再来到大厦的地下一层。

地下一层是商场，嘈杂的声音让他烦躁不安，在这样的地方，他根本没法静下心来思考，他唯一想做的事情就是尽快离开这个地方。

商场的最北端有一排房间。房门背对着商场，想要进入房间必须先从左侧的过道进入，绕到里侧。之所以这样设计，是为了减少噪音。

张自立把崔寒带进了里侧的过道。尽管他打开了过道上方的灯，崔寒还是觉得有些昏暗。这里共有十间房间，仅过道的前三间和过道尽头的那一间有人居住，其余房间都是空的。

张自立解释说："头三间是晚上值班的保安住的，最后一间才是姜明住的，卫生间在过道的另一头。要不是实在没地方去，谁愿意住地下室呀。这些房间就一直闲置着。"

"你确定这些房间没住其他人？"在穿过过道的时候，崔寒用余光扫视了剩余六间房间的房门。

"当然，"张自立斩钉截铁地说，"所有房间钥匙都在我这里，只有申请了宿舍的人才能拿到钥匙。这里可不比学校宿舍，想进就能进。"

两个人已经走到过道的尽头。即便站在这里，崔寒还是能够听到从商场传来的嘈杂的声响。

张自立从一大串钥匙中找出其中一把。他一边将钥匙插入锁眼里，一边嘀咕："他的房间还没来得及收拾呢。我的工作没做到位，要让你见笑了。"

门开了。张自立将手伸进黑暗之中，找到镶嵌在门框上的开关，按亮了电灯。

崔寒站在门口。他没有在第一时间走进房间，原因是从他到达房门开始就有一种莫名的感觉油然而生。至于为什么，他说不上来。这种感觉很不好，他还记得上一次有这样的感觉是在姜明用刀划过自己脖子的时候。

"崔先生，崔先生，你怎么不进来？"张自立已经走到房间中央，他转过身，一脸疑惑地看着目光迷离、身体木讷的崔寒。

崔寒没说话，自顾自地往里走，四处打量着。房间不大，但该有的东西都有：床、衣柜、桌子、椅子，唯独缺少窗户——在这样一种地方开窗实在没有多大必要。物品摆放还算整齐，但可以明显看到被翻动过的痕迹。这应该是警察收集证据后遗留的痕迹。看来，那些有价值的东西都被带走了，整个房间就像是一个空壳。

崔寒的眼睛停止了搜索，他只是静静地站在房间中央。在他完全静下心来后，他的耳畔萦绕着一种奇怪的微弱的声音，像是有人在哭诉。可当他闭上眼睛仔细听才发现，这种声音并非自己幻想的那么恐怖，所谓的怪声只是外面商场的杂音穿过水泥墙壁后在房间里多次反射形成的。

"走吧。"崔寒扫视了一圈后，走出房门，对身后的张自立说。

"我就说嘛，这里不会有什么东西的。该查的都已经查过了。我们非常配合警察的工作。"张自立掏出钥匙，把房间的门锁好。

他自言自语地说："这些东西就先放这里吧。等哪天有空了，再叫人来搬。算了，还是别搬了，费力气，反正也没人来住。到时候再说吧。"

"帮我把这扇门开一下。"崔寒站在倒数第二间房间的房门前。

"这里不会有人进去的，就是一间空房。"张自立把钥匙放进口袋里。

崔寒指着地面。房门与地面接触的地方有一些灰尘，像是从里面被人推出来的。"门口怎么会有这么多灰尘？"

"不就是一些灰嘛。改天我让人来打扫。"张自立漫不经心地答应着。

"有人进去过。"

"你怎么知道的？"张自立变得有些警觉，仿佛在面对一个否定自己工作的上司，"钥匙一直放在办公室的抽屉里，我从来没有给过任何人。"

"打开看看就知道。"

"好吧……"张自立连忙掏出钥匙，打开门锁。他刚想进去的时候，被崔寒从后面拽住了。

"先别急着进去。"说着，崔寒伸出手，学着张自立找到开关，打开房间里的电灯。眼前的一幕让俩人都大吃一惊。

正如张自立所说，房间内果然空无一物，地上覆盖着一层厚厚的灰。这里确实已经闲置了很久。然而在这布满灰尘的地面上有一串凌乱的脚印一直通往房间最里侧的一个墙角，那个墙角的脚印最为密集。崔寒的脑海里立刻浮现出一个画面：很久前的某一天，姜明偷偷潜入张自立的办公室，找到钥匙串，复制了这个房间的钥匙。无数个夜里，他走进这个房间，蜷缩在那个黑暗的角落里。他什么也没做，只是蹲在那里。时间仿佛在他身上静止了。

他在想什么？他的杀人动机又是什么？仅仅是恨意吗？一切随着他的死亡而销声匿迹。崔寒隐隐地觉得姜明的身份不只是一个"凶手"那么简单，他的身上似乎隐藏着一个不可告人的秘密。他又低头看了一眼随身携带的公文包，也许答案就在这张 A4 纸上。

像这样一个地方，光是站在门口，就让人觉得异常压抑，更何况是长期待在里面。

"这是谁干的？谁跑进去的？他一定偷了我的钥匙。"张自立涨红的脸颊在发黄的灯光下显得有些可怕，"我们进去看看。我一定要找出这个人！太猖狂了！简直不把我放在眼里。"

崔寒用手挡在张自立的面前，"不用了，里面没什么好看的。"

接着，他从裤袋里掏出手机，拍了一张照片。他让张自立把门锁好。一切又原封不动地继续被封存在黑暗之中。多半，在张自立此后的一生中，他再也不会踏入这个房间半步。

他们又查看了剩余的五间空房，都一无所获。

离开大厦前，崔寒特地去了一趟位于大厦七层的西泰酒店。他没有抱多大的希望，只是怀着"不妨上去看看"的心态。当然，结局正如他所料想的那样，酒店经理只是承认尹单单在案发当晚的确入住西泰酒店，至于其他的事情，对方一概不知。

崔寒再次回到车中。他没有发动车子，而是从公文包中掏出了那张 A4 纸。姜明的简历内容不多，他大专毕业后，就在老家一家制鞋厂工作，最后升任为车间主任。这是三年前的事情了。其余就是一些学籍资料和在校期间的获奖情况。整份简历填写得非常简单，这与他的岗位有关，应聘清洁员实在不需要过多详细的工作经历。

他忽然想起刚才与张自立的一段对话，觉得这份简历有些蹊跷。据张自立所说，姜明大约是在一年半前来到西泰大厦工作的，而他结束上一份工作是在三年前。那在这中间一年多的时间里，他在做什么？他离职前的职位是车间主任，现在的工作却是大厦清洁员，他为什么要放弃原来的职位呢？

崔寒在简历的最下方看到了姜明留下的联系方式，上面有他老家的住址和电话号码。他掏出手机，按下这串数字，但又逐一删除了。最终他关闭了屏幕。就在此刻，手机的屏幕亮了。

他接起电话，是顾峻峰打来的。"找你有急事，你务必过来一趟。我现在在西郊的一座山崖脚下……"

"又有命案发生？"崔寒警觉地问了一句。

"是的。这次的命案有点奇怪，我希望你能来看一看。你应该从来没有遇到过这种场面。"

"你说这话是为了引我过去吧？"

"一半一半，"顾峻峰跟旁边的人说了句"我就来"后，接着说，"总之，你过来就对了。待会儿我把定位发给你。"

"但愿你没有夸大其词。"

崔寒发动车子，离开停车场，一路向西。还未出市区时，他收到了顾峻峰发来的定位。从地图上看，那个地方非常偏远，甚至没有直达目的地的公路。崔寒用余光瞄了一眼仪表盘上的油表，确定还有足够的汽油后，右脚缓缓踩下油门。

第三章

西郊山崖

　　絮状的云朵在空中呈现出渐变的颜色，像极了一幅由冥冥众神绘制出来的生命图腾。渐渐地，光线变暗了，气温降低了，图腾也黯淡了，最终与灰白的天空融为一体，仿佛是在宣告生命的结束。

离开了喧闹、沉闷的城市，映入眼帘的是一片片绿色的树林和一块块金黄的稻田。有些稻田已经收割完了，只剩下光秃秃的土地和一座座干枯的稻秆堆。偶尔还能看到点缀在绿树丛中橘黄色的小球，那是成熟的橘子。

崔寒打开车窗，让风将残留在车内的城市气味吹尽。他深吸了口气，心绪平静下来。

他看了一眼手机上的导航，颤动的箭头指示自己已经行驶了一半路程。乡间的公路很少有车辆，也鲜有行人，崔寒不自觉地加快了车速。他很喜欢现在这种状态：车子奔驰在绵延无尽的公路上，周围没有其他人为制造的声音，他可以畅想任何事情。

然而，这种惬意的时光很快就宣告结束了。公路到了尽头，前方是一段泥路。此时离出发已经过去五十分钟。自从车子进入泥路，人烟就更加稀少了，偶尔能看到一两个扛着锄头的农民；零星的房屋组成一个个村落被遗弃在两侧的半山腰上。然后，车子开始爬坡，到达山顶后，又要从山的另外一侧下去。接连翻过两座小山后，车子才进入一段较平坦的小路。

就快到了。崔寒看到前方被杂草淹没的地方有几道红蓝光交替闪烁着，那是警车上的警示灯。十分钟过后，他终于到达目的地。

由于尸体是在野外被发现的，围观群众较少，只一位老大爷正在接受询问。

所有警察都忙于手上的工作，正在四处搜索。法医正准备把尸体装袋，带回去仔细检查。

"等一下，等一下。"崔寒从人群中钻出来，朝两位身穿白大褂的法医喊，"先让我看一眼。"

正俯身在草地中搜查的顾峻峰听到崔寒的声音立刻起身。他扭头对法医说："过两分钟再装吧，耽误不了什么事。"

"不用两分钟，最多一分钟。"说话间，崔寒已经走到尸体边上。就在他的目光扫过尸体面部时，他瞬间清晰地感觉自己的后背开始发麻。为什么会这样？他见过那么多具尸体，但从未见过这样的面部表情。

顾峻峰走到他身边，"没想到你来得还挺快的，我以为你至少要半个小时以后才到。"

崔寒没说话，蹲下来仔细检查尸体。

"怎么样？我没骗你吧？这种场面足够吸引你吧？"顾峻峰的话语间仿佛带着一丝得意。

"你现在还有心情开玩笑？"崔寒头也不回地说。

"我说，你别老板着那张脸。我们已经在这里查了整个下午，该查的地方都查了，所有事情都是按照程序走的。没必要太紧张。"

崔寒站起来，恢复至坦然的状态，仿佛一切都影响不了他，"你所说的奇怪的场面指的就是这两具尸体吧？"

"嗯。怎么样？"

"还好，"崔寒的注意力全然没在对话上，他正思考关于尸体的事情，"你有什么想法？"

他想知道顾峻峰对于案发现场的第一印象。事实上，很多有价值的想法都来自于最初的直观感受。

"你看到的就是我所看到的。"顾峻峰说，"其中一具尸体是躺着的，另一具尸体是趴着的。当我翻过那具趴着的尸体时，立刻产生一种毛骨悚然的感觉。太不可思议了。"

"继续。"崔寒皱了一下眉，镇定地说。

"仰面朝上的死者，应该是从山崖上摔下来后，后脑撞击地面致死。从他的面容可以看出，在掉下山崖的那一刻，心里是充满恐惧的。另外一具尸体刚好相反。死者面部着地，同样是头部撞击地面而死。就算死者的面部严重毁坏，但仍然能够看出他的面容是安详的，甚至是面带微笑的，像是……"

"什么？"崔寒眨了眨眼。

"像是心甘情愿跳下去的。换句话说，他不认为自己在做一件恐怖的事情，他觉得很快乐。"顾峻峰说话时，眼神飘忽不定。他自己都不敢相信刚才所说的话，可这正是他的直觉。他轻轻问了一句："你不会觉得我在胡说八道吧？"

崔寒陷入了沉思，"现在下结论还太早。"

"刚才的话只是私下交流。"顾峻峰突然变得严肃起来。

齐帅听到他们的说话声后，也跑了过来。"寒哥，你这么快就过来了。"

崔寒的脸色瞬间变得阴沉。

"寒哥，你有什么发现吗？"齐帅饶有兴致地问。

"也许吧。"崔寒爱搭不理地回答。这已经是他所能达到的最大忍耐限度。

"什么意思？有就是有，没有就是没有，也许是什么意思？"齐帅有些摸不着头脑。

崔寒没理会他，转过头对两位法医说："先把尸体装起来吧。"

崔寒和顾峻峰走到一边，齐帅也跟着过来。

"先说说你们知道的一些情况。"崔寒对顾峻峰说。

"我跟你说啊，寒哥。"齐帅抢过话，一脸欣喜地说，"这两具尸体是那位老大爷发现的，我们接到报警后立刻就赶到这里。哎，你还别说，这尸体确实是有点古怪。寒哥，你是不是也这么觉得……"

顾峻峰已经连续干咳了好几声，示意齐帅赶紧闭嘴，但他仍旧滔滔不绝地说着，只是一句话都没说到重点上。

最后，顾峻峰实在听不下去了，打断他的话："齐帅，我现在有个非常重要的任务要交给你……"

话音未落，齐帅立刻从忘我的状态中转变回来，他挺了挺身体，说："我一定完成任务。顾队，你说吧。"

"你现在到那边去，"顾峻峰伸手朝左前方指了指，"看看上崖的两个兄弟回来了没有。记住，一定要等到他们回来。他们手里可能有重要线索，你要保证线索的安全。"

"是。"齐帅接到任务后，兴冲冲地跑开了。

崔寒环顾了一下四周：北面有一座约五十米高的山崖，崖壁是纹理分明的沉积岩；南面有一条约三米宽的浅溪，水流平缓，溪水清澈；山崖和小溪之间的距离在二十五米左右，这里长满了狗尾巴草和野菊花，地上还有不少从崖壁上散落下来的石块，另外还有少量马齿苋匍匐在地面上。

顾峻峰吸了口气，开始陈述他所知道的信息："大概中午十二点二十分，警局接到报警电话。报案人员正是你看到的那个老大爷。随后，我们刑侦处就立刻赶了过来。

"老大爷说，他今天上午给松树打防治害虫的农药，之后想抄近道回家，正巧在这里看到了两具尸体。根据法医的初步检查，两具尸体死亡时间超过二十四小时，死因都是头部剧烈撞击地面，几乎是同时毙命的。两名死者的年龄相仿，都不到三十岁。至于死者的身份暂时还不清楚，需要回到警局调取数据库的资料才能确定。"

崔寒点了点头。这些信息对他来说几乎没什么实质性的意义。

"你们还查到什么？"

"我们在警戒区域内进行了全面搜索，没有发现任何可疑痕迹。"

"嗯。目前基本可以确定两位死者都是从山崖上坠落下来的，那么……"

"我知道你想说什么，"顾峻峰打断了崔寒的话，"我已经叫两个兄弟上崖去了。等他们回来，就能知道上面的情况了。"

说话间，一个熟悉又刺耳的声音再次传入崔寒的耳中。齐帅正朝他们跑来，"顾队，寒哥，他们回来了。"

随后，两个警察从齐帅来时的方向走过来，一同朝他们走来的还有赵冰彤。其中一个警察将挂在脖子上的相机取下，另一个警察开始介绍他们在山崖上看到的情况。

"山路确实很难走，我们俩找了十几分钟也没找到上山的路。后来我们绕到山崖的侧面，想找平缓一点的山坡爬上去。这个时候，我们看到一个地方有走动过的痕迹，地上还残留着脚印。看脚印的大小和深浅，应该是两个人留下的。李浩林，你把照片翻出来给顾队看看。"

李浩林迅速调出相片。"就是这张照片，顾队。"

顾峻峰接过相机，递给崔寒。崔寒看了一眼后，又把相机转交给赵冰彤和齐帅。

　　站在李浩林身边的岳亮接着说："我们顺着脚印一路向上走，大概走了十分钟才到崖顶。"

　　李浩林又翻出另外一张照片。

　　"嗯，我知道了。你们辛苦了，先去那边休息一会儿吧。"顾峻峰说。

　　"等等，"崔寒趁他们还没有转身，"我有个问题。你们这一路上只看到了这两种脚印吗？"

　　"是的。"岳亮郑重地点了一下头。

　　"还有其他脚印吗？"

　　"没有。"

　　"也没有下山的脚印？"

　　"没有。"

　　"我知道了。你们先去休息吧。"待岳亮和李浩林转身离开后，崔寒又对顾峻峰说，"我想找那位老大爷问一些问题。"

　　"可以，我陪你去。"顾峻峰回答道。

　　"我也陪你去，寒哥。"齐帅兴致勃勃地说。

　　"嗯……你就不用了。你和冰彤还是到四周再看看吧，说不定还能找到一些线索呢。"顾峻峰委婉地说。

　　"好吧。冰彤姐，我们走吧。"

老大爷已经做完笔录，正准备离开。他看上去已经年过七旬，头发花白，脸上布满了皱纹和老人斑，眼窝和鼻子都有些塌陷，但他的身体状况还算不错，动作利索，与城市中被"囚禁"在养老院里的老人全然不同。

顾峻峰先跑过去，叫住老大爷："大爷，你等等。我们有几个问题想问你。"

"刚才不都问过了吗?"老大爷有些困惑，话中透露着一丝不满的情绪。

崔寒也走过来。"就问几个问题，耽误不了多长时间。"

"好吧，"老大爷将手里的篮子再次放在地上，不情愿地吧唧了一下嘴，"有什么问题你们就抓紧吧。现在都已经下午了，家里的老婆子要着急了。"

"就几个问题。"崔寒说，"你来这里做什么?"

"我来这里给松树打针呢。"老大爷指着放在地上还略微散发着农药气味的篮子，叹了一口气，"松材线虫太厉害了，这松树啊，只要一碰上就是个死。"

崔寒低头看了一下手表，现在已经是下午三点三十五分。他想起顾峻峰刚才说的话，又看了一眼老大爷的脸色，知道对方有些体力不支了。

崔寒给老大爷递了一瓶水。

他咽下一口水后，脸色恢复了一些。"还有什么问题就快点问吧。"

　　崔寒向顾峻峰使了一下眼色，又瞥了一眼放在旁边的篮子。顾峻峰心领神会，知道崔寒不喜欢农药的味道，又碍于面子不方便说。顾峻峰笑着对老大爷说："大爷，你看，这篮子是不是能够挪远一点呢？"

　　"你们城里人就是闻不惯。"老大爷站起身来把篮子放到三米之外的地方，"你放心吧，这种农药毒不死人的。记住，除草剂才是最毒的。"

　　等老大爷坐回原来的位置后，崔寒问他："你的松树林离这里有多远？"

　　"不远不远，"老大爷摆摆手，"还不到一里地。"

　　"嗯，"崔寒点点头，"你的听力怎么样？"

　　"你们年轻人就是看不上老人家。别看我岁数大了，我的耳朵可好使着呢。能听到一里开外的声音。"说完这句话后，老大爷瞥了崔寒和顾峻峰一眼。

　　"你昨天也在这里打针吗？"

　　"是啊。"

　　"你听到了什么声音吗？比如喊叫声，或者撞击声。"顾峻峰连忙问。

　　"嗯……还真有。"老大爷思索着，"大概是昨天中午，具体什么时候，我就不知道了。"

　　"是什么声音？"

　　"就是你说的撞击声，好像……"老大爷补充说，"好像还有人在喊叫。"

"你再仔细想想，你听到这些声音的顺序是什么？"

"嗯……好像先是有人喊叫，紧接着就是一声撞击声。过了不到一分钟，我又听到了一声撞击声。"

根据老大爷的描述，喊叫声应该是后脑着地的死者发出的。他在坠落山崖的时候，因为无法承受突如其来的恐惧而本能地发出喊叫声。紧接着，第二名死者也坠落山崖，但老大爷并没有听到他的呼喊声。这似乎与他的面部表情有着某种关联——他并没有感受到恐惧。

"这次没有喊叫吗？"

"没有。"老大爷摇摇头。

"你就没想过去看看？"顾峻峰问，"不好奇啊？怎么不是昨天报警，偏偏是今天呢？"

"你这话是什么意思？"老大爷着急地说，"本来我还真打算去看看，我以为是什么人不小心被捕兽器夹住了，想过去搭把手。有些人就喜欢在荒山野岭里设陷阱。后来声音就没了，我觉得他应该已经把捕兽器砸开了，也就没放在心上。谁知道有人会在这里跳崖。"

崔寒再次向顾峻峰使了一个眼神，摇摇头。

顾峻峰接着说："大爷，我们要问的问题已经问完了。如果后续有什么事情，我们再联系，你可以回去了。哦，等等，我叫人送你回去吧。真感谢你的配合。要是所有人都像你这么配合，我们得省多少心啊。"

"还有人不配合你们工作？"老大爷轻声问。

"当然有。有些人提供的信息有误，妨碍我们调查取证。"

"最后这些人都怎么样了？"

"知情不报或者有意说谎的，肯定是按作伪证处理。"

"作伪证……这个罪名很严重吗？"

"当然。妨碍司法公正，你说严不严重？"

"我……"老大爷拿起装着农药的篮子后，支支吾吾地说，"有件事不知道该不该说。"

"有什么话，你就直说。我马上去找人送你回去。"顾峻峰假装毫不在意地说。

"其实……我昨天看到过他们。"老大爷开始结巴起来，"不过……我……我没有看到他们跳崖……"

"你见过他们？"崔寒停下脚步。

"哎……早知道还不如不说……"老大爷叹了口气。

"不，你得说。把你知道的都告诉我们。"顾峻峰扶着老大爷坐下。

"我现在说还来得及吗？我不会作伪证吧？"

"来得及。你得一五一十地告诉我们，不能隐瞒。"

"我没有故意要瞒着你们。"老大爷激动地抓着顾峻峰的袖子。

崔寒又瞥了顾峻峰一眼，暗示他别说话太过，免得吓坏对方。

"我相信你。"顾峻峰对老大爷说,"说吧,你看到了什么?"

"具体时间我也记不清了,应该还不到正午,我出来干活的时候正好碰到他们。"

"在山崖上?"崔寒问。

"不是。他们是走过来的。"

"然后呢?"崔寒盯着老大爷干涸的嘴唇。

"你们想,两个外地人怎么会来这里?准没好事。我就偷偷跟着他们。"老大爷继续说,"我看到他们上山了。为了不被他们发现,我特地绕到了山的背后,从那里上去。我也想看看,他们到底想干什么。"

"你也到了山崖上?"

"没有,我没上去,我就躲在野蕨丛里。"

"之后呢?"

"一开始他们还是挺平静的,后来就争吵起来。"

"他们说些什么?"

"我没听清。"

"你不是说自己的耳朵特别灵吗?"顾峻峰打岔,"你可别故意隐瞒啊。这里有人证在场,我不能包庇你。"他指了指站在身边的崔寒。

"话都说到这份上,我还有什么可隐瞒的。"老大爷提高了嗓音，"我是真没听清。当时风很大的，吹得野蕨'沙沙'响。"

"接下来发生了什么？"崔寒继续追问。

"我被发现了，其中一个人看到了我。我就急急忙忙跑下山了。"

"你就这么走了？"崔寒问，"当中没有发生什么特别的事？"

"这么说……好像有件事挺特别的。"老大爷摸了摸自己的后脑勺，"有个人的态度突然变了。"

"怎么变了？"

"起初两个人都还是挺机灵的，后来有个人就突然变得僵硬了，就像……对，就像中了什么法术。"

"僵硬……"崔寒若有所思地说。

"是啊，像完全变了一个人。"

"这个人是两名死者中的哪一个？"

"就是那个脸摔烂的人。当时，我看到他把另外一个人推向悬崖，我吓一跳。这是杀人呐。结果，他发现了我。我以为他要来杀我灭口，就赶紧跑下山去了。没想到，他没追上来。在下山的路上，我就听到了你刚才说的撞击声。心说，肯定出事了。"

"你当时没返回去看一眼吗？"顾峻峰问。

"没有。这种事，还是少沾惹的好。"

"可是你还是报警了？"

"是的。我昨晚实在是睡不着，决定今天中午绕到这里瞧瞧，结果真发现了他们的尸体。我就报警了。"

"你这次可没说漏什么吧？"顾峻峰试探老大爷。

"没有，没有，该说的我都说了。"老大爷连忙摆手。

顾峻峰笑笑，"你看，说实话，你也不会有任何麻烦，还能协助我们侦破案件，一举两得，何乐而不为呢。"

"好好，下次一定……"老大"呸"了一声，"以后肯定不会遇到这种事情了。"

"嗯，有什么事情我们会再联系你的。"顾峻峰转过身，"大家整理一下就回去吧。齐帅，你把这位大爷送回家。"

"好嘞。保证完成任务。"

将近四点钟的时候，大家已经收拾好了所有物品，仅有显眼的警戒条被遗弃在原地。法医已经带着两具尸体先行离开。崔寒跨过警戒条，站在警戒区域的中央——死者坠落的地方。这里没别的东西，两滩血迹已经完全融合在一起。他抬起头，顺着崖壁一直向上看去，目光最终停留在山崖顶部。

是自杀吗？崔寒陷入了沉思。为什么两个人会一起坠落山崖？他们到底是什么关系？他们之间又发生了什么？为什么两个人的面部表情会有如此大的反差呢？除此之外还有别的可能吗？崔寒摇了摇头，这桩案件的疑点实在太多，他一时间回答不出任何问题。

"崔寒，崔寒。"顾峻峰的呼喊声将他的思绪拉回现实。顾峻峰从停车处向他跑来，"你怎么还站在那里？我们要回去了。"

崔寒没有回话，直到顾峻峰跑到他的身边，他才小声说："我想上去看看。"他的声音很小，更像是在自言自语。

"岳亮他们不是已经带回照片了吗？回去再慢慢看。"

"没错。"崔寒仍旧有些神情恍惚，"我想亲自上去看看。透过照相机呈现出来的画面是一种事实，但是肉眼或许能看到照相机拍不出来的东西。"

如果用两个字来形容就是"感觉"，光看照片永远不及身临其境更让人印象深刻。

"这样吧，我陪你去。"顾峻峰拍了拍崔寒的肩膀，"别忘了，我们可是好搭档。"

"曾经是。"

"现在仍然是。"

说罢，顾峻峰转身朝着大家喊："你们先回警局，我等会儿再走。"

"我留下来等你吧。"赵冰彤回话。

"不用。我等会儿坐崔寒的车。"

"那好吧。你自己当心点儿，我们在警局等你。"

崔寒和顾峻峰顺着岳亮所说的方向绕到山崖的左侧，果真发现了照片中的脚印。只不过，现在的脚印多了四道，其中两道是下山的脚印，这是岳亮和李浩林留下的。虽然他们尽量避开原来的脚印，但仍有几处是重叠的。

崔寒和顾峻峰踩在岳亮和李浩林的脚印上，向上爬去。当他们到达崖顶时，崔寒看了一下手表，仅用了八分钟。

站在崖顶上，崔寒有种心旷神怡的感觉，浅溪、绿草、远山和即将坠落的夕阳构成了一幅宁静祥和的世外美景。然而，这种平静很快被打破了。他发现前面的泥地上布满了密集的脚印，这让他的神经瞬间紧绷起来——这里就是命案发生的地方。

"在这里。"崔寒说。

顾峻峰顺着崔寒手指的方向看去，"看来，他们就是在这里坠崖的。"

"你有什么想法？"说话间，崔寒环顾了一下四周。

"嗯……"顾峻峰停顿了片刻，"这里就两种脚印，可以确定的是，这两种脚印肯定来自于两名死者。因为现场除了他们之外，没有第三人。从现场来看，这不像是意外。最外侧的脚印离山崖边缘还有半米的距离，这样的距离不足以导致两个人几乎同时坠崖的意外发生。"

"正是如此……"后半句话崔寒没有说出口。对于这件命案，他还没有找到一种合理的解释，似乎每一种解释都存在缺陷。

"我发现，自从上次的坠楼案，你改变了不少。"顾峻峰扯开话题。

"什么？"

"以前你只在乎谁是凶手，以及行凶的过程，并不在乎案件背后的故事。"

崔寒不想在案发现场说一些与案件无关的事情，而这里果真如照片上看到的那样没有任何有价值的额外线索，他只说了声"我们回去吧"，然后转身准备离开。就在扭头的瞬间，他的余光再一次扫过前方的景色，他的脑海里突然产生了一个奇怪的想法：这么美的地方，会是一个人的归宿吗？

这个念头在他的脑海里只是一扫而过，他觉得这个想法太疯狂了，而几乎就在同一瞬间，他心里又产生了一种似曾相识的感觉。

他们沿着原路下了山，回到车上时已经是四点五十分。由于西边的山势较高，这里已经提早进入黄昏，仅有余晖残留在天空中，絮状的云朵在空中呈现出渐变的颜色，从远处的浅灰色、浅青色、浅紫色、浅红色、浅黄色到头顶上方的白色，而这一切变化仅在他们下山的路上完成，像极了一幅由冥冥众神绘制出来的生命图腾。渐渐地，光线变暗了，气温降低了，图腾也黯淡了，最终与灰白的天空融为一体，仿佛是在宣告生命的结束。

　　回去的路上，崔寒的心绪仍旧无法平复，但他还是极力保持冷静，即便是表面上的冷静。车子在他的操控下平稳地行驶在乡间公路上，以至于坐在副驾驶座上的顾峻峰丝毫没有察觉任何异样。顾峻峰还以为他的沉默只是疲劳所致。

　　车速突然慢了下来，崔寒转过头朝顾峻峰看了一眼，轻声说："你相信这个世界上真有上帝存在吗？"

　　顾峻峰诧异地看着崔寒，他怎么也没想到，一向严谨、理性的崔寒竟然会说出如此毫无逻辑、违背科学的话来。

　　没等顾峻峰回答，崔寒又说了一句："你觉得上帝真的会指引人类做出某些奇怪的事情吗？比如，违背自我意志，突破道德底线。"

　　顾峻峰感觉自己的手臂开始发麻，但很快就恢复了平静，他打趣地说："我看你最近一定是太累了，才会有这种稀奇古怪的念头。你想想，世界上怎么会有上帝呢？我怎么看不到？如果真的有上帝，你帮我转告他，让他现现身，我正好有事求他。"

　　崔寒的眼睛一直盯着前方的道路，"你不信？"

　　"当然不信。"顾峻峰提高了语调，"如果有人告诉你明天会有大怪兽出现，你会信吗？"

"也许吧。"

"什么?"顾峻峰若有所思地说,"你今天很不对劲。听我的话,回去之后洗个澡睡觉,别再胡思乱想。你就是睡得太少,想得太多。长此以往,身体肯定会吃不消。你看,现在就出现征兆了。"

崔寒没有应答,顾峻峰继续说:"本来想留你吃饭的,不过警局里还有很多事情要做,你知道的。改天请你吃大餐。"

"我送你到警局门口,尸检……"

顾峻峰没等崔寒把说话完,就接道:"知道你在意这件事,明天等我电话,我已经让法医处的同事加班加点地赶工了。"

回家的路上,崔寒尽量把车开到最慢,几乎与骑自行车的速度无异。

难道真的会有人相约自杀吗?这有悖常理。那么,两名死者的面部表情又该怎么解释呢?恐惧是人类潜意识里对于危险事物最本真的反应,其中一名死者的面目表情狰狞恰巧是最正常的状态。然而,另一名死者的表情却截然相反。这种矛盾的组合又说明了什么呢?

世界上的确存在着一些不惧死亡的人。可当他们真正面对死亡时,也不会如此坦然吧。崔寒的眼神突然变得锐利——他似乎想到了什么。他的眉毛皱成两道弯曲的线，一股冰凉的气息从他的后脑处传来，沿着脑干、脊椎，一直通往心脏，仿佛有一只无形的手在扼住他的喉咙，让他无法呼吸，直至休克。

这种感觉如此熟悉，而且这一次的感受更加深刻。他低下头，看着身上的这件西服，虽然衣服已经清洗干净，可他似乎隐约还能够闻到那种刺鼻又熟悉的血腥味。

砰——

"你怎么开车的!"

崔寒猛地踩下刹车，大灯明晃晃地照着一个推着自行车的中年男人。车子的引擎盖被自行车的挡泥板刮了一道。中年男人吊着嗓子冲崔寒大喊："你给我出来! 你怎么开车的!"

崔寒的思绪被这突如其来的声音打断了，他这才意识到自己刚才与一辆自行车发生了刮蹭。他下车后，一眼就看到了那条醒目的刮痕。他什么也没说，只是看了一眼中年男人。

"我告诉你，不管怎么说，你都得赔。"中年男人上下打量了崔寒一番，指着他的鼻子说，"我告诉你，没有一千块钱你是走不了的。"中年男人又朝自己竖起了大拇指，"你要是不给钱，你信不信，我立刻就找人来。"

"叫警察来处理吧。"崔寒掏出手机，第一眼就看到了顾峻峰的电话号码，只是他并不准备给顾峻峰打电话。

"哎哎哎……算了，算了……"中年男人摆摆手，极不耐烦地说，"我看你年纪轻轻的，也挺不容易，就这么算了吧。不过，我告诉你啊，小伙子，以后开车你得看着路。今天你是运气好，碰上了我这样的好心人，否则，你要赔得倾家荡产了。"说罢，他一脚跨上自行车的三角架，以最快的速度离开了。

崔寒把车子停在车库。就在他熄灭发动机，准备离开的时候，他的目光扫过后座上的公文包。下午接到顾峻峰的电话后，他就把姜明的简历塞回公文包里，扔在了后座上。整个下午发生的事情太过离奇，以至于他几乎忘记了这份简历的存在。

他打开内灯，幽暗的车库瞬间恢复了明亮。他从公文包里抽出那张 A4 纸，然后仔细查看上面的每一个字。

姜明曾说，他见到过上帝，并且是上帝授意他杀死尹单单的。这是他的胡言乱语吗？崔寒回忆起姜明自杀前的画面，他心里出现了一个疑问，而这个疑问自姜明死后就一直困扰着他：姜明为什么要自杀？

悔恨？他对自己亲手将尹单单推下天台的行为感到悔恨吗？依照当时的情况，他显然是对尹单单恨之入骨，也许他早已有了杀人之心。因此，悔恨的可能性比较小。害怕？他害怕被警方逮捕吗？他在行凶之后，用刀割破水管，目的就是为了破坏犯罪现场；在完成一系列动作后，他躲进酒店房间，其动机非常明显，就是为了躲避警方的搜查。因此，不能排除害怕的可能性。但是，又有一个新的问题出现了：他为什么要在跟警方周旋一段时间后再自杀呢？

通常情况下，人在面对突如其来的冲击时，最有可能做出一些不可思议的事情，比如自杀。可如果这种危险是可预见的，或者危险已经出现在面前，人的思绪反而会变得镇定，这时候，他考虑最多的是如何解决难题或者如何有效地规避难题。正如一个刚刚经历车祸，并且在车祸中失去丈夫的妇女，当听到儿子溺水死亡的消息时，她脑海中产生的第一个念头也许就是自杀。可是，当意识到这件事情已然成为事实后，她反而会慢慢冷静下来，自杀的冲动也会减弱，取而代之的是思考该如何应对接下来发生的事情。

在警方与姜明的简短对话后，即便他仍然存在逃避心理，但自杀的念头不应该占据思维的主要部分。对他来说，自杀是一种反常的行为，或者说，是一种多余的行为，是一种毫无回报的行为。当最差的结果出现在面前时，人反而会变得坦然，尤其是这种结果已经出现了一段时间，人的内心完成了心理上的抗衡。即便出现崩溃，也不该是这个时候。

　　姜明并不蠢，可他偏偏这么做了。

　　崔寒突然闪过一个念头。就在路上，他似乎已经有过这种感觉，只是突然发生的与自行车的刮蹭让他被迫终止了这个想法。现在，姜明的这份简历再一次刺激了那些隐藏在意识背后的感觉。

第四章

死亡线索

"停下来吧，这种追问毫无意义。你的这些问题除了死者本人，没有人能够解答，你又何必纠结于死者的想法呢？"是啊，一个死者的想法还有必要求证吗？

次日清晨,当东方刚刚泛白的时候,崔寒就准备起床了。事实上,整个夜晚他都辗转难眠。

他掏出手机,看了一眼,屏幕上没有"未接电话"的提示。他原以为因为自己的神情恍惚而遗漏了某个电话,可事实证明,顾峻峰没有打电话给他。

他将车子开出车库,驶入街道。清晨的街道上人烟稀少,只有几个裹着身体、在车站牌前等待早班车的中年妇女和身着橘黄色外衣、拿着扫帚的清洁工阿姨。车子飞驰而过,一切的人和物都从他的视线中一一掠过。车速超过了以往任何时候,他自己并没有发觉,只是不自觉地踩下油门。

当他到达警局门口时,他看到了顾峻峰的车。看来,顾峻峰一夜没离开警局。他径直走到刑侦处办公室。这条过道,或者说警局里的所有通道,他都走过无数遍。

"你怎么来了?"顾峻峰惊奇地看着这张熟悉的面孔,"我以为,你再也不会来这里了,真没想到……"

"就你们几个人?"崔寒打断了顾峻峰的话,假装漫不经心地环顾四周,这里除了顾峻峰外,偌大的办公室只有齐帅和赵冰彤两个人。

"哦，大家辛苦了一夜，我叫他们先回去睡觉了。"顾峻峰揉了揉眼睛，朦朦胧胧地说，"你对这件案子这么上心。"

"我是想……"崔寒的话戛然而止，他有意转变了话题，"我看你一直没打电话给我，以为你遇到什么困难，恰好我这几天有空，过来看看有什么地方能够帮得上忙。"

顾峻峰微微一笑，然后保持这种表情长达三秒钟。

这时，趴在桌上的齐帅慢慢抬起头。当他睡眼朦胧地看到崔寒时，突然清醒了过来，"寒哥！"在这静谧、空旷的办公室里，他的声音显得格外刺耳，以至于惊醒了同样疲惫不堪的赵冰彤。

顾峻峰抢在崔寒前开了口："齐帅，你去外面买点早饭吧。崔寒，你应该也没吃早饭吧？"说着，他转头看了崔寒一眼，之后又扭过头对齐帅说："你去铺临街口的那家早点店买，我觉得那家的味道还不错。"

"不是吧？"齐帅打了个哈欠，满脸不情愿地说，"那家店离这里可有四公里呢。警局门口不是有个大妈在卖煎饼吗？也挺好吃的。"

"我就喜欢吃那家的，否则就不吃了。"

"哦，好吧。"齐帅不情不愿地站起来，当他情绪低沉地走到门口时，突然转过身来，冲着所有人笑了笑，"我就是怕大家饿着，没别的意思。你们等着吧。"

崔寒坐在齐帅的位子上，问顾峻峰："看来你们也没有什么头绪？"

顾峻峰摇摇头，说："正相反。一切的结果都很明了。"

"你的意思是，这案子可以结了？"

"八九不离十。"

"速度很快。都快赶上姜明的案子了。"

"你还在考虑姜明的案子？"

"只是随便说说，"崔寒解释说，"我最近碰到的也就那个案子，做个比较而已。"

"其实没有到结案的地步，还要等外面的两个兄弟回来，了解一下两名死者的基本情况。"

"你不觉得这其中还有很多疑点吗？"崔寒原本有一肚子的话想说，但他突然停住了，只是说了句，"尸检报告呢？"

"冰彤，你跟崔寒说说吧。"顾峻峰朝赵冰彤使了个眼色，接着站起来，活动了几下筋骨。

赵冰彤平静地说："尸检报告已经出来了。后脑着地的死者名叫孙伟，男性，二十八岁；面部着地的死者名叫王浩宁，男性，二十七岁。经过法医鉴定，两名死者的死亡时间相近，都是在 11 月 17 日的中午十一点至下午一点，也就是前天中午。他们均是由于高空坠落，脑部受到重创伴随多个器官出血、衰竭而死。根据现场侦察结果以及目击者的口供，基本上可以推测为，17 日中午，王浩宁与孙伟相约西郊山崖，趁孙伟不注意，王浩宁将他推下山崖，随后自己也跳下山崖。加害人与被害人同时死亡。"

顾峻峰说："正是如此。其中或许存在不少疑点，但结果显而易见。"

这样的结局，崔寒在来警局之前就已经预料到了。他之所以急匆匆地赶来绝不是单纯地想从顾峻峰口中听到这个可预知的消息。他接着问："尸检还有什么发现吗？"

"对了。"顾峻峰突然想起来了，"法医在王浩宁的血液中发现有微量 5- 羟色胺和异戊巴比妥成分。"

"5- 羟色胺、异戊巴比妥？"崔寒轻声念了一遍。

"是的。"赵冰彤补充说，"前者是抗抑郁药物，后者是镇定药物。"

"镇定？"

"是的。如果药量控制得好，还能用于催眠。"赵冰彤继续说，"还有一个细节，王浩宁的右手背上有一个针眼。"

"是不是在他的右手背上有个红点？"

"是。"赵冰彤说，"在针眼附近的组织内发现异戊巴比妥的含量比较高，也就是他曾被静脉注射镇定药物。"

"你是说，催眠？"

"这也正常。他患有抑郁症，心理医生借助药物对他进行催眠治疗，这属于正常流程。只不过，这位心理医生的给药方式有点奇怪，异戊巴比妥通常是口服的，怎么会采用静脉注射的方式呢？也有可能是为了起到镇定的效果。"

当崔寒听到"抑郁"两个字时，突然睁大了双眼，眼睑也迅速舒张开来。他的脑海中立刻浮现出一幅画面，那是昨天他在西泰大厦的员工宿舍里看到的一幕：幽暗的房间里，一排凌乱的脚印从房间的门口直通对面的墙角。对，就是抑郁。这种感受不是普通的情绪压抑，甚至比压抑要高出好几倍。

姜明是患有抑郁症吗？

崔寒皱起眉头，"你确定服用抗抑郁药物的是王浩宁，不是孙伟？"

"什么？"赵冰彤一时间还没有反应过来，她迟疑了一下，"是的，是王浩宁。"

"怎么了？"顾峻峰问。

崔寒反问他："我能看一下尸检报告吗？"

"幸亏你来得早，报告还没有入档案。"顾峻峰转过头对赵冰彤说，"冰彤，你把那份报告拿给崔寒。"

"不是王浩宁的，是姜明的。"

"姜明的？"顾峻峰满脸困惑地看着崔寒，"刚刚还在说王浩宁的事情，怎么这会儿又扯到姜明了？"

"在哪里？"

顾峻峰没再追问下去。这样的事情，以往搭档的时候总会发生，他已经习以为常了。这也是崔寒愿意跟他搭档的主要原因——总是能在必要的时候管住嘴。他只是说:"西泰大厦坠楼案的所有卷宗都已经封存了,如果要调动,我需要向上级请示。"

"需要多长时间?"

"没有杨 Sir 的签字,我们调不了档案。本来是很快的,但很不凑巧,杨 Sir 昨天到省厅开会了。"

"什么时候回来?"

"听他说要一个星期。"

"一个星期?"

"这个,我也没有办法了。"顾峻峰笑了起来。

"一个星期……"崔寒心里默念着这四个字。一个星期的时间并不长,但是谁也无法保证在这段时间里不会发生一些意想不到的事情。他很清楚,他必须要自己去求证一些事情。

崔寒拿起放在桌上的一份《补充材料》,仔细地看了一遍。

直到十点钟,刑侦处的办公室都没有其他人进来。期间,只有齐帅提着早餐从办公室门口穿过。对于刑侦处的警察来说,昨晚是一场恶战。夜晚,是罪犯犯罪的最佳时机,也是警察与罪犯搏斗的最佳时机。等到了天亮,这里才渐渐恢复平静,迎接每一个纯洁的日出。

　　大概过了半个小时，岳亮和李浩林气喘吁吁地跑进办公室。这时，大家都已经清醒了。

　　在崔寒进入警局前，岳亮和李浩林就接到顾峻峰下达的任务，一大早就赶往王浩宁和孙伟家中进行走访调查。王浩宁和孙伟都不是本市常住人口，他们的户籍所在地均为邻市南庆市。根据暂住证上的信息，警方找到了他们的临时住所。

　　王浩宁居住在位于皓月路与长虹路交叉口附近的顺德小区，是一个建于上世纪九十年代的老式住宅区。他在一年前租下了3幢2单元402室——一套两室一厅的公寓。由于他行踪不定，小区的居民对他并不熟悉，只有门口的几个老大爷能见着他几回，但也没什么更多往来。唯一与王浩宁有密切来往的人就是房东，可房东又经常在外。

　　崔寒陷入沉思：王浩宁是独居，而像王浩宁这样背井离乡、在一个陌生的城市里独居的青年并不少见。他们身上有一个共同的特点，那就是孤寂。这种孤寂会让人陷入一种可怕的循环，因而产生很多奇怪的念头，比如偏执。他对一件事情的执着要强于常人，当这件事情无法达成时，他心中的怨恨也会多于常人。想要化解孤寂则需要有一个情感的寄托，而在新城市里交到的朋友是无法承载这份情感的，除非两种人：一种是老乡，一种是伴侣。

　　崔寒突然问："王浩宁跟孙伟是老乡吧?"

岳亮诧异地看着崔寒："你怎么知道？"

崔寒点了点头。"猜的。"

"你猜得也太准确了吧。"他继续说，"没错。王浩宁跟孙伟确实是老乡，他们都是两年前一起来到西泰市打工的。"

"孙伟呢？说说他的情况。"

"孙伟住在鸿宁路的碧泽苑小区，离顺德小区有一段路程。孙伟家跟王浩宁家大不一样，他的房子也是租的，不过比王浩宁家敞亮多了。"

"孙伟还有个老婆。"站在一旁的李浩林说，"她叫陈秀梅。我们去的时候，她正在收拾行李，想必是开始为孙伟准备身后事了吧。"说到这里时，李浩林叹了口气。

"陈秀梅？"崔寒眼前一亮。

"陈秀梅，二十五岁，也是南庆市人，她与两名死者都相识。案发的时候，她在工厂上班，有目击证人。我们特地去了陈秀梅上班的工厂，厂里的几个女工人可以为她作证，那天她们一起吃的午饭。据她们所说，当时的陈秀梅没有什么异样，只是情绪有些消沉，午饭也没吃几口。第二天，她就请假了。"

"请假？她怎么了？你没问她原因吗？"

"她只说自己身体不舒服。"

"哦……"崔寒若有所思地点了点头。

李浩林继续说："就目前掌握的情况来看，应该可以排除她的嫌疑。"

"她有没有说起王浩宁与孙伟反目成仇的事？"

顾峻峰问："你怎么知道王浩宁和孙伟关系破裂了？"

"很简单。"崔寒说，"《补充材料》上的暂住信息只有孙伟的，没有王浩宁。王浩宁是在一年前搬到顺德小区的，他又是在两年前来西泰市的，那么一年前他住哪里呢？如果我没猜错，他一定是跟孙伟合租。这种情况很普遍，两个异乡人都在陌生的城市里打拼，又是老乡，自然会住到一起。可是在一年后，王浩宁突然搬走了。这其中一定存在某些原因，可能他们之间产生了什么矛盾。"

"寒哥说得没错。"李浩林说，"他们之间确实出了嫌隙。陈秀梅说，他们因为工作上的事情发生争执，王浩宁一气之下辞职了。往后，他们就很少见面了。"

齐帅兴致勃勃地说："我知道了。一定是王浩宁对一年前的事情耿耿于怀，想要报复孙伟，于是把他骗到西郊的山崖上，再把他推下去。"

"照你这么说，王浩宁为什么也要跳下去呢？"顾峻峰随口反问道。

"可能是他不小心滑下去的，或者他觉得生无可恋，所幸自己也跟着跳下去，一了百了得了。"

生无可恋。齐帅的一句漫不经心的话让崔寒眼前一亮。孙伟的死因不难解释，根据现有的证据，几乎可以确认，孙伟是被王浩宁推下山崖的。因此，他的面部表情才会如此扭曲，这种表情只有在一个人极度恐惧或者惊讶时才会表现出来。可以想象，这两种情绪他当时都有。

那么，王浩宁呢？他又是怎么坠崖的？根据现场遗留的脚印，他离山崖还有一段距离。在安全区域内，即便一个人患有严重的恐高症，他还是具有控制身体行为的能力的。

难道王浩宁真是觉得生无可恋，干脆从山崖上跳了下去？

事实上，跳崖或者跳楼是难度极高的一种自杀方式。这种高空坠落的方式，其结果是可预知的。即便一个人没有学过物理，他也应该能够想象得到，自己在空中做重力加速度运动以及落到地面后会是一种什么样的状态。

多数人是没有勇气面对这种具有高度视觉冲击力的可预知的惨烈结局的，他们反而会选择其他更加平静的自杀方式，比如服用安眠药、割腕、上吊。其实，这也是一种模糊的自我保护。可他们不知道，这样做反而会加重痛楚。

就这点来说，崔寒不太接受王浩宁因为生无可恋而选择跳崖的推测，尤其是在他目睹了孙伟坠崖的全过程后仍然选择以这种方式结束自己的生命。

这种不合理的结局让他迅速联想到了一个人——姜明。如果说世界上还有人会采取有悖逻辑的自杀方式，那么这个人就是姜明。

他发现，两桩案件起码存在三个相似点。第一，自杀。凶手在行凶之后都采取了一种毫无回报性的行动——自杀。除此之外，无论他们做任何事情都比自杀有价值。第二，转变。姜明和王浩宁在自杀前，神情发生了明显的转变——简直像变了一个人。第三，针眼。姜明和王浩宁的右手背上都出现了一个针眼，而他们都是谋杀另一个人的凶手。王浩宁手背上的针眼跟他所患的抑郁症有很大的关系。姜明的手背上也有一个针眼，而他似乎也有抑郁倾向。不过，后者仍需证实。

这两件案件的发生只是巧合吗？在此之前，他从未像现在这般犹豫不决。他相信证据，相信严密的逻辑推理，可现在，他开始怀疑这一点——无法用现有的逻辑来解释这种现象。光凭目前所了解到的信息还不足以将两件案件归结在一起。还有一个问题：抑郁与杀人有什么关系？

现在，他觉得有必要知道案件背后的信息——动机。

与此同时，他的脑海中又出现了另一个声音，似乎在用一种理智、镇定的口吻告诉他："停下来吧，终止吧，这种追问毫无意义。你的这些问题除了死者本人，没有人能够解答，你又何必纠结于死者的想法呢？"

是啊，一个死者的想法还有必要求证吗？

"你在想什么呢？"顾峻峰拍了拍崔寒的肩膀。

突如其来的刺激打断了崔寒的遐想，他眨了眨眼睛，"没什么。"

"对了，"崔寒转过头问岳亮，"还有什么线索吗？"

岳亮看了李浩林一眼，回答道："我们了解到的就这么多。"

"这些线索应该足够结案了吧。"李浩林补充了一句。

顾峻峰没有做声，只是暗自点了点头，"这样吧，这份结案报告我亲自来写。你们把材料汇总一下，我再看看。"

结局还是如此。崔寒没有反驳，虽然他能一下子吐出许多个让在场的所有人都哑口无言的疑问来。因为他心里清楚，就算说了也无济于事，没有人会听信一个人的片面之词而质疑眼前的证据。这就好比，人们总是愿意相信亲眼看到的多过亲耳听到的。

正当李浩林准备离开时，崔寒又问了一句："孙伟家的具体地址是什么？"

"哦，在碧泽苑小区 5 幢 1 单元 201 室。"

崔寒"嗯"了一声，然后默默地走向门口。就在这时，他无意间听到李浩林对岳亮所说的话："我的上帝啊，求求你赏我一觉吧。"

当中的两个字让他为之一振——上帝。没错，就是上帝。姜明在自杀之前曾说他能看到上帝，还说自己是受到了上帝的指示杀人。如果这两件案件存在联系，那么王浩宁是否也跟姜明一样呢？

就快走到门口时，他突然转身对顾峻峰说："尸检中心的赵主任还在吗？"

"你说老赵啊，他在你离开后没几个月就走了，现在换成何主任了。"顾峻峰回答。

"那个何胖子？"崔寒很少会用这种带有戏谑的词汇来形容一个人。一旦语言中带有主观情绪，那就意味着他并非处于一种理性的状态。合理的解释是，这个人曾经做过让他难以忍受的事情。

"看来，你还记得那个家伙。"顾峻峰走到崔寒身边，笑了笑，"你要是想去，我陪你。"

从刑侦处通往尸检中心的路，崔寒不是不知道，相反，他熟悉到闭着眼睛都能找得着。

距离尸检中心门口大约十米处有一个拐角。崔寒刚走到拐角处就听到一阵熟悉的笑声，紧接着是一阵附和声。他深吸了一口气，跟在顾峻峰的后面拐过拐角。

"哟哟哟……"尸检中心的何建新看到顾峻峰和崔寒后打趣地嘟起了嘴，"今天是怎么回事？小钱，你赶紧去外面看看，太阳是不是打西边出来的。"

小钱偷偷地瞄了崔寒一眼，没出声。他昨天下午在西郊山崖下已经跟崔寒打过照面了。当时，他正是两位法医中的一个。

"我说何主任，我们就是来咨询个事儿。"顾峻峰搭着话，脸上勉强挤出一个笑脸来。

何建新直接略过顾峻峰，仍用一种挑衅的语气对着旁边的法医说："我们这儿庙小，留不住大菩萨。"接着，他又转过头来对崔寒说，"崔大探长怎么今天有空光临小庙呀？是不是泥菩萨过江，自身都快保不住了吧？"

崔寒抿着嘴，尽量控制住自己的面部表情，其实心里早就厌烦透了眼前这个胖子。

"我们就是来问问尹单单坠楼案的尸检报告，你应该还有印象吧？"顾峻峰开门见山地说。

本以为何建新会嬉皮笑脸地搪塞过去，没想到一谈及这件事，他却一改常态，突然变得严肃起来。他皱了皱眉，说："这份尸检报告的确是我写的。"

"你应该还记得姜明的尸检结果吧？"

何建新既没有回答"记得"，也没有回答"不记得"，只是说，"该写的我都已经写进报告里了。你们要是想知道，可以去申请查阅档案。"

"我要是去申请，肯定能通过的。"顾峻峰说，"不过你也知道，杨 Sir 要一个星期后才回来。这不是好事多磨嘛。既然报告是你写的，想必你还记得上面的内容。就当案例分析，你就分析分析这桩案子嘛。"

"要是你们没有授权，我还真没有权力泄露机密。"说完，他转过身，走进里面的一间办公室。

从尸检中心门口出来，崔寒和顾峻峰都舒了口气，仿佛逃离了地狱一般。当然，事情远没有糟糕到这个地步，而是当自己的思维和行为极度不匹配时，人的内心会本能地产生压抑。

正如当崔寒面对一个自己非常讨厌的人，对方又不断地用语言刺激他时，他会想着如何将对方暴打一顿。可事实上，他又有求于人，只好极力克制住自己的行为。这个时候，最佳的解决方案就是离开。他很难保证，当诉求得不到满意的答复时，同样受气的顾峻峰会做出什么冲动的事情来。

"怎么回事？以前这个何胖子虽然讨厌，但总还能搭上几句话，可今天怎么像变了一个人。"顾峻峰喘着粗气说，"下次碰到他，一定要他好看。"

"对了，你应该也看过那份尸检报告吧？"崔寒岔开话题，"我不是要知道全部内容，只是想求证某个细节。"

"我当时的确拿到过姜明和尹单单的尸检报告，我还没来得及看，报告就上交了。"

"这么快？结案报告不都是你写的吗？"

"以前都是，除了那个案子。"

"哎……"崔寒叹了口气，"看来你是毫不知情。"

"别用这种口气跟我说话。"顾峻峰拍了一下崔寒的肩膀，"你这么说显得我有多笨似的。你想知道什么？"

"我想知道姜明的血液里是不是也检测到了抗抑郁药物的残留。"

"你是说，姜明也有抑郁症？"

"这只是我的推测，还没有直接证据。"

"就算证实了又有什么用？"

"也许吧。"

"什么叫也许？你什么意思？你不要说话总说一半好不好？"

之后，无论顾峻峰说什么，他都没有答复。与往常相比，今天他已经说得够多了。他不会在没有充足证据的情况下说出自己的推测，这种做法没有任何意义，只会引来一大堆疑问。顾峻峰的反应就是最好的证明。

到达警局门口时，崔寒停下了脚步。顾峻峰还在不停地询问，即便他的提问得不到任何答案。

第五章

迷情纠葛

　　从目前的情况来看，陈秀梅的嫌疑极小，在案发时，她并不在现场。然而，不是嫌疑人就不会说谎了吗？

　　崔寒从警局大门出来时，已经是中午了。川流不息的车辆被闪烁的黄灯和横过街道的行人阻挡，崔寒顺着人群，回到停在马路对面的车上。他发动车子，趁着短暂的通行时间，逃离这个人潮拥挤的地方。

　　他不觉得饥饿。当一个人专注于某件事情时，全部精力都集中于大脑，因此会忽略很多器官的反应。

　　眼下他还有一件重要的事情要去做。据岳亮所说，他见到陈秀梅的时候，对方正在收拾东西，可能随时要离开。他必须在她出门前赶到碧泽苑小区，当面询问她一些事情。

　　一路上，他回想起上午岳亮和李浩林说的所有话，王浩宁的死因毋庸置疑，存在疑问的是，他为什么会选择这种死法？他与孙伟之间究竟发生了什么？也许这当中隐藏着某些不为人知的秘密。

　　这就好比针对一个已知的结论去反推其发生的过程，其难度要远远大于推导结论。因为结论只有一个，过程有无数种。

　　期间，也许有某种外力的参与，在某个适当的时候，这种外力又从过程中撤离了。正如在化学反应中，催化剂可以加快或减慢反应速率,但其本身不参与反应。这个时候,如果单纯以时间来计量整个过程,那么势必会遗漏很多重要信息。

所以,千万不可忽视王浩宁从崖顶坠落到崖脚这短短的几秒钟时间,这几秒钟内可能隐匿着某个重要环节。在这段时间内,或者在这之前,到底发生了什么,崔寒一概不知。

他按照李浩林提供的门牌号找到了孙伟家。先是在门上敲了一下,接着,又连续敲了两下。

开门的是一个年轻女人,穿着一件黑色长袖呢子大衣,搭配黑色裤子和黑色皮鞋。这样的打扮与她娇小的身材格格不入。她的年纪不大,但身上却缺少年轻姑娘该有的活力,这跟她的精神面貌有很大关系。她的面容有些憔悴,眼眶红润,显然是刚哭过不久。

"你是陈秀梅吧?"崔寒直接问她。

"嗯,"对方点了点头,"你是谁?"

"我是侦探,崔寒。"他不介意透露自己的真实身份。

"你……找我有事?"陈秀梅当即缩回刚刚迈出去的左脚,与右脚的脚后跟并拢,她的右手握住门把手,仿佛整个身体的重量都卸在了那扇铁门上。

"警察刚刚来过这里。"陈秀梅说,"他们问了很多问题,我把知道的都告诉他们了。"

"我知道，我跟他们见过面。"崔寒有意瞥了她一眼。

"那……那你怎么还来？你想知道什么，直接问他们就行了。"

"能进屋说吗？"

也许是因为陈秀梅觉得自己避无可避，又或是因为雌性动物对雄性动物存在着一种本能的屈服心理，陈秀梅退回屋内，让出一条缝。

屋子不大，是一个四十平米左右的单身公寓。厨房和厕所在大门的两侧，客厅朝外，卧室在里侧，中间由一张单薄但不透明的帘子隔开。客厅的茶几旁放着一个与她的身高极不相称的二十四寸银色行李箱，旁边叠着两个大纸箱。一眼看去，整个屋子已经没有几样私人物品了。

陈秀梅让崔寒坐在沙发上，自己掀开帘子的一角，走进卧室，很快又从里面出来。

"你要走了吗？"崔寒说。

"是啊。"她点了点头。

陈秀梅笔直地站在崔寒的面前，就像是一个犯了错的小孩。而后，她才意识到自己是这间屋子的主人，勉强对着崔寒笑了一下，坐在右侧的单人沙发上。

"你这么急着走吗？"

"不走又能做什么呢？我一个女人能做什么呢？"陈秀

梅的话中充满了无奈。

崔寒点点头。在一段陌生的关系中，认可对方的观点是最容易得到对方信任的方式。

陈秀梅舒了一口气。即便她的双脚仍然不自觉地交叉、收缩，但肩膀却微微放下，胸腔也渐渐打开，显然是放松了不少。

她继续说："男人的事情，女人管不了。你说是吧？"

继续寻求认同。

崔寒仍然点头示意。

在连续得到认可后，陈秀梅忽然意识到什么，她将目光从崔寒身上收回，身体再次蜷缩起来。之后的一段时间里，她什么都没做，什么都没说，只是静静地坐在沙发上。这是两人完全不对等的身份给她造成的心理压力，刚刚建立起来的微薄的信任在巨大的压力面前显得微不足道。

为了打破僵局，崔寒先开口："你应该不着急走吧？"

"哦，不……"陈秀梅回过神来，"不算太着急。"

"我听说案发当天，也就是 11 月 17 日中午，你在工厂上班……"

"是的，工厂里的姐妹都可以给我作证。"崔寒的话音未落，陈秀梅抢先回答。

"你放心，我只是照例询问几个问题，你不用紧张。"

当崔寒说完这句话的时候，陈秀梅整个人轻松了不少。

看来，她最想从崔寒那里听到的就是这句话。她需要得到别人的支持，而对方的身份必须有一定的公信力。

"孙伟是什么时候走的？"

"应该是前天早上。"陈秀梅想了想，"我出门的时候，他还在家。"

"你走之前，他没跟你说什么吗？"

"没有。"陈秀梅摇了摇头。

"那么，他有什么特殊的举动吗？也许是在前一天的晚上。"

"没有。"陈秀梅仍旧摇头。突然，她的眉尖动了一下，"我不知道这个算不算。我临走的时候，他接了一个电话。当时他好像很生气，因为我赶着去上班，没多问，直接出门了。"

"你知道电话是谁打来的吗？"

"我不知道，我没听清对方的声音。"

"是王浩宁。"崔寒刻意把"王浩宁"这三个字说得格外响亮、清晰，并且时刻注意对方的神情变化。

听到这个名字后，陈秀梅再次变得警觉起来。她不像刚才那样对答如流，而是静下来仔细思索。她的眼珠子在眼眶里不停地转动，最终，她勉强吐出几个字："你怎么知道是王浩宁？难道你……"

最后几个字，她没说出口。

崔寒没接话。这个时候，如果得不到对方的应答，只会加重她的疑虑，因为她无法断定自己给出的答案是否符合对方的需求。

"你知道王浩宁？"陈秀梅以一种带有试探性的语气问。

"知道。"

"我昨晚接到警局的电话，说他也一同坠崖了。"

"是的。"

崔寒的回答尽量简洁，同时他没有做出任何多余的举动。

"我跟王浩宁没有任何关系，他跟我们家几乎没什么往来。"

崔寒觉得此时可以趁机获取更多有价值的信息。之前说的所有话、做的所有事都是为接下来的提问做铺垫。

"孙伟的尸体是在昨天下午发现的，昨晚警察应该通知你了，在这期间，你就没有担心过吗？我可以理解为，你们夫妻之间的感情不是很好吗？"

"不。我们感情很好。"陈秀梅加重了语气，十分笃定地说，"他很爱我，我也爱他，我们很恩爱。这个大家都知道，你可以去问。"

简短的对话后，崔寒大概清楚了陈秀梅的说话特点。一是，她总是习惯性地把问题的焦点从个人转移到群体上，这种企图借助群体来弱化自我的行为恰恰反证了其心虚。二是，她总是有意无意地把事情模糊化。很多时候，模棱两可的观点看似无懈可击，实际上却是一种自欺欺人的做法。

"从前天上午到昨天晚上，这段时间内，你有联系过孙伟吗——打电话或者发信息？"

"没有。"她摇摇头说。停顿了一会儿后，她又说了一遍："没有。"

"据我所知，孙伟在前天上午九点二十八分接到过一个电话，这个电话正是你打给他的。记录显示，你们仅通话了不到十秒钟就挂断了。"

听到这话时，陈秀梅原本僵硬的身体几不可见地颤动了一下，甚至连她自己都未能察觉。"我……我想起来了，"她的眼睛突然一亮，"我是给他打过电话。我一时间给忘了。"

"你们说了什么？"

"其实也没什么事情，就是报个平安。"

短短的几个字，陈秀梅却说得格外费劲，甚至在说完之后，她还喘了一口粗气。她将双手放在黑色的呢子大衣上来回搓动，然后又迅速握在一起。

"后来呢？"

"后来，我给他打过好几通电话，但都没有接通。"

"大概是什么时候？"

"嗯……前天傍晚打过一次，前天夜里又打了一次，还有一次是在昨天上午。"

"嗯。"崔寒点点头，"这个时候，孙伟和王浩宁都已经坠崖身亡。"

说着，陈秀梅抽泣了起来。她的身体颤动得更加厉害了，不时地传出"呜呜"声。

崔寒不知道该如何安慰她，这是他最不擅长的事情。大概过了五分钟，陈秀梅的情绪才渐渐平复下来。她伸出右手，拿起面前的水杯，往嘴里送。倾斜的水面不住地摇晃着。

陈秀梅喝了一口水后，缓和了许多。她叹了一口气，从左侧衣袋里掏出手机，看了一眼，说："我的时间不多了，否则，我就要错过班车了。"

"好。长话短说，你应该很了解孙伟吧？"

"当然。"

"那么，你应该也清楚孙伟跟王浩宁的关系为什么破裂。"

"你？"陈秀梅的上眼皮突然上抬了一下，又立马收回来，"哦，是有这么一回事。算起来差不多过去一年了，我可能有些记不清了。"

"一年前，孙伟跟王浩宁的关系破裂，与此同时，你跟孙伟结婚。这件事情跟你有什么关系吗？"

"没有。"陈秀梅坚定地摇头，用一种不容置疑的语气说，"那是男人之间的事情，他们想怎么样，女人管不着。任何一个想要掌控男人的女人，以为自己有多聪明，到最后才知道自己有多愚蠢。作为一个女人，你什么都做不了。"

"我听说，他们是因为工作上的事情导致关系破裂的？"在此之前，崔寒还是愿意相信这个理由，可是现在，他不得不重新审视这一切。

"对，他们在工作上的确出了问题。后来的事情，你应该也知道了，王浩宁辞职离开了。"

"王浩宁辞职之前，他是不是跟孙伟住在一起？"

"可能吧，我不太清楚。我跟孙伟是回老家结的婚，后来，我们一起搬到了这里。"

"孙伟还在户外器材店工作？"

"嗯……"陈秀梅有些迟疑，"对……他是那家店的店长。"

"能告诉我那家店的地址吗？"

"你要去？"

"没时间的话，就不去了。"

"你要真想知道，也能查得到，告诉你也无妨。那家店的地址是沁园街329号。"说罢，陈秀梅再次掏出手机看了一眼，"不好意思，我真的没时间了。我还得把这些东西寄出去。"她指了一下放在行李箱旁的两个大纸箱。

崔寒站起来，向她辞行。

从孙伟家出来时已接近下午两点。

从目前的情况来看，陈秀梅的嫌疑极小，在案发时，她并不在现场。关于这一点，她的不在场证明和现场勘察结果都足以帮她洗脱嫌疑。然而，不是嫌疑人就不会说谎了吗？当然不是。任何人都有说谎的可能，这种普遍性就如同任何人的心里都存在秘密一样。说谎可以是有意的，也可以是无意的；前者是刻意隐瞒事实，后者是无意忽略事实。

根据与陈秀梅交谈的状态分析，崔寒不得不对她的回答起疑。

车子发动前，崔寒坐在驾驶座上，将刚才的对话捋了一遍。他是从什么时候开始对陈秀梅的信任度降低的呢？是从他说出"王浩宁"这个名字的时候吗？虽然陈秀梅强调自己与王浩宁没有关系，但她所表现出来的举动与她的说辞相违和。意识可以欺骗人，而无意识的一些动作却能反映出一个人的真实意图。就这点而言，陈秀梅跟王浩宁之间的关系并非她自己所说的那么浅显。

崔寒做出一个大胆的假设：

11月17日早上，就在陈秀梅准备出门的时候，孙伟接到一个电话，对方正是王浩宁，俩人在电话里大吵了一架。这时候，陈秀梅闻声赶来，她听出王浩宁的声音。挂断电话后，孙伟与陈秀梅发生了争吵。陈秀梅一气之下夺门而出，去了工厂。所以，那些女工见到她时，她才会表现出无精打采的模样。当天上午九点二十八分，陈秀梅的确给孙伟打了电话，可接电话的不是孙伟，而是王浩宁。惊讶之余，陈秀梅立刻挂断了电话。此时，她心里非常慌张，以至于整个上午都心不在焉，午饭也没吃几口。下班后，她又给孙伟打了电话，但是无人接听。晚上，她放心不下，又拨了孙伟的电话，还是无人接听。整个夜晚，她都难以入睡。她的确很担心，可又不敢给王浩宁打电话询问情况。第二天一早，她向工厂请假，在家里等孙伟。然而，她等来的却是孙伟的死亡通知。得知这个结果后，她一时间乱了方寸。过了很长一段时间，她才回过神来，开始思考如何应对接下来的事情。她当晚就订好了去往南庆市的车票，并将东西打包好。她打算回到老家后，再把这个消息告诉孙伟和王浩宁的家人，由他们出面处理尸体。

　　她对孙伟有感情吗？应该有。可是这时候的陈秀梅已经顾不上感情了。崔寒想到陈秀梅说过的一句话："他很爱我，我也爱他。"在她的潜意识中，她对这份感情其实并不纯粹，或者说她对孙伟的感情远不及孙伟对她的感情。她所做的一切是为了掩饰什么？是在掩饰她跟王浩宁之间的关系吗？他们之间到底是什么关系？

　　这个念头只是一闪而过。很快，他就把注意力集中到了手中的方向盘上。

　　现在，这个想法已经无从求证。在这三个当事人中，有两个人已经死亡，而活着的那个人一定会用谎言来掩饰真相。即便她说的就是真相，也无法确定这真相离真实相差多远。

　　任何人描述的真相都具有片面性，一定是保留了对自己有利的部分而摒弃了那些对自己不利的部分。所以，很难从一个人的话语中听到全部的真实，即便这个人有多么公正。

　　吃了点东西后，崔寒坐在车上休息了一会儿。他太累了。

　　下午四点钟，崔寒到了沁园街329号。这里离市中心不远，即便是工作日的下午，街上仍是车水马龙。附近商店的店员都很繁忙，唯独这家高峰户外器材店的店员却很清闲。

　　刚一进门，一个女店员便迎面而来。"欢迎光临，先生。你需要买点什么？"说着，女店员朝崔寒上下打量了一番。随后，她的神情与态度发生了极大的转变：从笑脸相迎变成了爱搭不理。很明显，崔寒的穿着及形象与一个户外运动爱好者截然不同，这类人一般不会进店消费。

　　崔寒感觉到了店员的态度转变，他没有即刻表明自己的真实意图，而是问道："你们这里有攀岩用的装备吗？"

"啊?"女店员诧异于自己看走了眼,继而极力克制着惊讶的表情,"想不到你还是个攀岩爱好者啊。你想要什么攀岩装备?我们店里都有卖的,你跟我来。"

女店员做了一个"请"的手势,示意崔寒跟她往里走。女店员先带崔寒来到了"绳索区"。

崔寒指着其中一根绳索问:"这么细的一根绳能保证安全吗?"

"当然。"女店员斩钉截铁地说,"我们店的产品都是名牌货,肯定安全。你买了之后,我还会教你怎么打结。我跟你说啊,打结很重要的,如果打不好,那是有生命危险的。我们教你的是一种绝密的打结方法,除了我们店,你在其他地方是学不到的。千万别相信网上的那些教程,它们可不会对你的安全负责。"

接着,女店员取下一根黄灰相间的绳索。"我觉得这根很适合你,怎么样?"

崔寒象征性地点了一下头,他可没想真去攀岩。

女店员又带他去了"护具区"和"零件区",挑选了护具、膨胀钉、岩钉、挂片等一堆细小部件。

结账时,女店员从一堆物品中拿出那根登山绳,抽出两端,对崔寒说:"你看仔细了,我只示范一遍。"

她快速将登山绳的两端系在一起。"这就是'八字结'的打法,你看清楚了。"

　　实际上，崔寒没有看清任何动作，女店员所说的话以及所做的示范只是在敷衍了事，所谓的"绝密打结法"只不过是最常用的打结方法之一，甚至网上有更详尽的教程。

　　崔寒并不在意，女店员的一系列举动丝毫没有影响到他的情绪。

　　正当女店员抓住绳索的两端往外抽的时候，崔寒突然开口："你们店里没有男店员吗？这种活怎么能让一个姑娘来做呢？"

　　"是啊。提起来就生气。"女店员哼了一下，接着开始发牢骚，"原本那边区域都不归我负责的，现在倒好，整家店就只剩我一个人了，所有的事情都得我来做。如果这家店是我的，我也无话可说，可惜我只是个打工的。我的老板可抠了，就知道给我加任务，不给我加工资。我能怎么办？只能碰到一个就宰一个喽……"

　　她忽然意识到自己说错话了，抬头看了崔寒一眼。"啊，我不是在说你啊。我给你的价格绝对实惠，你在我们店里买的东西绝对物超所值。"

　　为了让场面不至于太过尴尬，崔寒只得勉强挤出一个笑容。

　　女店员叹了一口气，继续说："我在这里干得也够长了，从来没想过我会在一家店待上一年时间。"

　　"你在这里工作一年了。"

"我算算……"她数了一下手指头,"不止一年了。"

"嗯。"崔寒满意地点了一下头,"以前店里还有别的店员吧?"

"是啊。从前天开始就没来上班了。本来是请两天假的,今天直接说不来了。我一个女人,怎么管得了这么大一家店?我还得搬东西。你知道吗,这些户外用品很重的……"

女店员还在滔滔不绝地说着。崔寒没再听她说话,而是陷入沉思:她说的这个店员一定就是孙伟。两天前他请了假,跟王浩宁去西郊山崖,后来被王浩宁推下山崖。今天早上应该是陈秀梅代他向老板辞职。

"之前在这里上班的那个人是孙伟吧。"崔寒打断了女店员的话。

"是……你认识孙伟?"女店员讶异地看着崔寒。

"是啊。说起来,他还是我的朋友。他介绍我来这里买东西。"

女店员干笑了两下。"你早说嘛。我还可以给你个折扣。不过现在来不及了,账单都已经输入电脑了。也没关系,你下次来我一定给你一个特别优惠的价格。你也可以带你的朋友来。"

"我以为会在这里遇到他。你知道他为什么要辞职吗?"

"具体什么原因我也不太清楚。"说着,她将手里的登山绳放回前台,然后将所有物品一一装袋,"我只知道,前天早上老板突然打电话给我，说是让我顶一下孙伟的工作。他这个人真是没得说，待人很好，总是帮我干活。如果他还没结婚，我这儿有好多姐妹都想嫁给他呢。啊，我只是开个玩笑而已。平常……"女店员一直在夸孙伟。

从对方的表情和言语中崔寒几乎可以肯定，孙伟的确人缘不错、脾气很好。但是，一个脾气这么好的人怎么会跟王浩宁发生这种"致命冲突"呢？

"老板让你接替孙伟的工作后，还有交代什么事吗？"崔寒问她。

"那倒没有。如果他还让我干一些杂七杂八的事情，我就立马辞职。我以为孙伟昨天就会回来，没想到他昨天也请假了。我问老板，是不是孙伟出什么事了，老板也不知情，只说是他的老婆代他请假的。今天早上，老板告诉我，孙伟不来上班了，说是家里出了点事情，急着回老家。之后，老板说会再物色一位新店长。等招到了新人，我立马就辞职。"

"嗯。"崔寒点了点头。看来老板和女店员都不知情，他们得到的消息均来自陈秀梅。陈秀梅在传达信息时，已经对信息做了一次主观处理；而女店员在传递的时候又做了一次处理。这种双重甚至三重处理后的信息，其参考价值会大打折扣。他必须从女店员身上找到新的线索。

"你既然在这里工作一年多了，应该认识王浩宁吧？"

"你还知道王浩宁？"

"嗯。"崔寒点了点头。

"跟孙伟比起来，王浩宁这个人还真不怎么样。"女店员一脸嫌弃地说，"得亏他走得早，否则我在这里也待不长了。"

"他怎么了？你至于这么气愤吗？"

"他这个人脾气差到极点，还懒得要命。让他做点事情，他总会想方设法偷懒。最后，还得孙伟来帮他善后。我真是替孙伟感到不值。我觉得，孙伟打心眼里看不起王浩宁那小子。"

"你怎么知道的？"崔寒的眼睛快速扫过女店员的脸庞。

"任何一个带眼睛的人都能看得出来。如果有个人一直叫你帮忙，你也会觉得烦吧。依照孙伟的脾气，他是不会说出来的，但我敢肯定，他心里早就烦透了。"

"所以他们才会闹掰，后来王浩宁一气之下离开这里？"

陈秀梅说，王浩宁因为跟孙伟在工作上发生冲突，负气离开。是这个原因导致王浩宁在一年后将孙伟推下山崖的吗？

"当然不是。要走也是孙伟先走。"女店员接着说，"王浩宁可不是因为这个才离开的。"

"那是因为什么？"

"你是在询问我吗？"女店员警觉地看了崔寒一眼，将双手团在胸前——这代表着自我防卫，"你不是孙伟的朋友吗，怎么连这件事都不知道？"

"哦，是朋友，我们在老家认识的。后来，他出来工作了，我们就很少联系了。后来很多事情我都不太清楚，只知道他一年前结婚了。"

"这样啊……"女店员朝玻璃门看了一眼，又低下头看了一眼放在前台的那一大包户外器材，"反正我现在也没什么事，就当聊聊天好了。"

"嗯，"崔寒点了点头，"难道王浩宁不是因为工作原因才离开这里的？"

女店员摇摇头，"这件事跟孙伟的老婆有关系。"

崔寒的猜测没有错。陈秀梅的确隐瞒了一件事情，那就是她在其中扮演的角色。与陈秀梅交谈时，每当谈话的内容涉及她本人，她总是有意无意地避开，将焦点转向其他事情。这种刻意为之的举动反而让她陷入尴尬的局面。

女店员继续说："我刚来这里上班的时候，王浩宁和孙伟还是好哥们。后来我听王浩宁说，他们已经在这里工作了大半年。当时，王浩宁有个女朋友，有时候还没下班他就走了，把剩下的工作交给孙伟。每次王浩宁叫孙伟帮忙做事的时候，孙伟总会答应，但从他的神情能看出来，他心里有些不太高兴。有一次，老板告诉我们当天下午会运来一车器材，叫他们卸完货再下班。王浩宁竟然提前溜了，最后是孙伟和那个皮卡车司机一起把货搬进仓库。你知道孙伟当时的表情有多难看吗？我本来也想帮忙的，只可惜我是个女人。第二天，我去仓库拿护具的时候，看到墙壁上有个拳印，上面还有血迹。我猜，那是孙伟打的。"

"不知道从什么时候开始，我发现孙伟对王浩宁的态度变了。这种变化很奇怪，跟我想的完全相反。他开始变得乐意帮王浩宁干活了，有时候还会主动上去帮忙，我觉得……"女店员皱起了眉头。

"殷勤。"崔寒说。

"对，就是殷勤。他突然变得殷勤了。你知道，如果一个人对另一个人的态度突然发生变化，那么其中一定是发生了一些事情。"

就在刚才，崔寒就目睹了这种变化。从他进门开始，女店员对他的态度就发生了多次转变，每一次转变必然有一定的内在原因。

孙伟为什么会变得殷勤呢？是想补偿吧。当一个人在心理上认为自己亏欠了对方，就会在行为上对其做出补偿，从而达到某种心理上的平衡。人在潜意识里还是认同这种平衡对等的关系的。

"孙伟是做了什么对不起王浩宁的事吧？"崔寒问。

"你真聪明。我觉得以你的智商，可以当个侦探了。"

"是吗？"崔寒僵硬地笑了笑。

"孙伟的确做了对不起王浩宁的事。不过，我觉得这件事也不全是孙伟的问题，就算没有孙伟，结局还是一样。还记得王浩宁的那个女朋友吗？她就是孙伟的老婆陈秀梅。"

崔寒听到这个名字时没有表现得很惊讶。事实上，他已经有所预感。从陈秀梅的表情以及她对王浩宁避而不谈的态度，已然可以辅证他们之间的关系。

当然，还存在另外一种可能性——憎恨。一个人如果对另一个人充满憎恨，他的心理会启动一种防御机制，当言论、行为即将触碰到这个人时，他会无意识地避开。从这点出发，崔寒很难判断陈秀梅对王浩宁真正的情感。

"你不觉得奇怪吗？"女店员挑了挑眉，"自己的女朋友被自己的好朋友挖走了，这么刺激的事情，你一点都不好奇吗？"

"啊，你知道全过程？"

"我觉得，那个陈秀梅早就受够王浩宁了。你看看，我跟他只是同事，我都受不了，更何况是他的女朋友。再说，她跟孙伟本来就是老乡，可能早就认识了，背着王浩宁搞地下恋情呢。"

崔寒没心思继续听她胡乱猜测，他开始重新思考孙伟对陈秀梅的感情。

孙伟和陈秀梅之间真的有爱情吗？

这个疑问让崔寒不禁觉得毛骨悚然。孙伟选择与陈秀梅在一起有可能是为了报复王浩宁，而陈秀梅选择与孙伟在一起有可能是为了躲避王浩宁。

崔寒暗自叹了一口气。

"怎么，你不这么认为吗？"女店员的目光中夹杂着疑惑。

"哦，不是。"崔寒摇了摇头。

"我说嘛，孙伟这次真的爷们了一回。我看好他。"

这时候，店门被推开了，进来一对年轻情侣。男孩穿着一套宽松的深蓝色运动服，女孩则穿着一件深色夹克和一条浅蓝色牛仔裤。裤子上有许多个破洞，寥若的丝线像是在本能地遮掩着什么。

崔寒竟看着他们出了神。

"哎，我说这位大哥，"女店员急躁地说，"我这边有客人来了，就不招呼你了。改天你要是想买东西就来找我，我肯定给你打折。你买的东西在前台，你自己拿一下……"

说着，她就朝那对情侣走去。

此时，太阳已经下山了。崔寒走出这家户外器材店。面对犹如过江之鲫的人群，他有些默然。那些成双成对的情侣，那些中年夫妇，那些幸福的家庭，他们的组合都是基于所谓的爱情吗？不全是，甚至很多人的想法更加纯粹——爱情的复杂程度远远超乎任何人的想象，但作为关系的另一方，他知道吗？还是，他也是这么想的？

每一个面带微笑的人的心里似乎都隐藏着一个不可告人的秘密。

他摇了摇头，用右手的大拇指和食指按住自己的睛明穴，试图让自己从这种虚无缥缈的幻想中跳脱出来。

砰——

"对不起，对不起……"

一个三十多岁的中年女人撞向他，他手里这一袋户外器材瞬时散落一地，发出刺耳的声音。

"对不起，对不起……"女人一个劲地道歉。

崔寒站在一旁，没有主动去扶摔倒在地的女人。他被突如其来的撞击打乱了阵脚，有些不知所措。

最终，他只说了句："不要紧的……"

女人抬起头看了他一眼。与此同时，他也看清了这个女人的脸庞。她的眼角满是泪水，脸上还有几道泪痕。她的神情有些恍惚，眼神中带着些许愤怒，又透露着迷茫。

不得不承认，崔寒还从未看到过这样一双复杂的眼睛。

"你没事吧？"崔寒问。

"没事，没事的……"说罢，女人缓缓地站起来，与他擦身而去。

他拎起袋子，打开车子的后备箱，将一大包户外器材丢了进去，然后打开车门，坐到驾驶座上。当关上车门的那一刻，他忽然觉得自己清醒了不少。隔着一层玻璃看外面熙熙攘攘的人群，仿佛一切都恢复了平静，回到井然有序的初始状态。

第六章

黑暗时光

　　当他再次闭上眼睛时，他发现自己竟然在一间地下室内，隐约能听到奇怪的声音——似乎有人在哭泣。

崔寒发动了车子，他的目的地是位于皓月路和长虹路交汇处的顺德小区。

"不好意思，你不能把车开进去。"一个年过七旬的老大爷缓缓地从传达室里走出来，拦在了崔寒的黑色别克车前，"车子只能停在外面。"

老大爷朝右方指了指。

崔寒只好把车停在小区门口附近的临时停车位上。

这里的车位虽然不多，但大多都闲置着。这个小区的确很老，就如同传达室的那个老大爷。

"你好。"崔寒向老大爷问候了一声，这才看清楚他的全貌：他体型消瘦，佝偻着身躯，脸上的皱纹比鞋面上的褶皱还要多、还要深刻，让人过目难忘。

"年轻人，你好啊。"老大爷一边打招呼，一边解释，"里面住的几乎都是老人，外来车辆出入不方便。希望你能体谅。"

崔寒点点头，表示理解。

"年轻人，我好像没见过你。你找谁？"

"我找王浩宁有点事情。"

"王浩宁？哦……"老大爷的反应有些迟钝，"我们这里的确住着一个叫王浩宁的年轻人，上午两个警察也来找过他。他是不是犯了什么事？"

"我来找他正是为了这件事。"崔寒刻意回避老大爷的问题，"麻烦让我进去。"

"哦，好的。"老大爷转身朝传达室走去，"你跟我来，先登记一下。"

崔寒跟在老大爷身后走进传达室，里面条件简陋，桌上的报纸、茶杯以及桌下的取暖器像是在刻意提醒，不要遗忘了这里的老人。

老大爷拿出一本破旧的登记簿，翻到其中一页放在桌面上。"你先登记一下名字。"

崔寒拿起笔，正准备写下自己的名字时，他看到了几个熟悉的名字：李浩林、岳亮、孙伟。前面两个人的进出时间分别为今天早上七点四十分和七点五十五分；孙伟的进出时间分别为前天早上的九点零六分和九点三十五分。从登记簿上看不出任何异样，只是离开小区的时间明显是另外一个人写的。

看来，前天上午九点二十八分，陈秀梅给孙伟打电话时，他正在王浩宁家。

"年轻人，名字写在这里。"老大爷朝登记簿指了指。

"哦，好。"

崔寒刚一进小区，就能感受到这里的萧瑟气息。尽管喧闹的大街与小区大院仅隔了一扇大门，但内外的氛围截然不同。

崔寒按照门牌号找到了 3 幢 2 单元的入口。老式小区没有电梯，所有楼房都不超过六层。楼道昏暗而狭窄，仅转角处有一盏散发着微弱光线的白炽灯。楼道的墙壁是布满小坑的粗糙的水泥墙面，上面贴满了各种广告以及小区通知单。四楼仅有两户：正对着楼道口的是 401 室，楼道口右侧是 402 室。

崔寒刚一转身，正好与一个五十岁上下的男人相撞。

"哦，对不起。"男人彬彬有礼地向他道歉，"真是不好意思。"

男人身后那扇敞开的房门引起了崔寒的注意。"你是?"

"我是这套公寓的房东。我姓吴，吴宝国。"吴宝国伸出手。

他接着说："我们没见过面吧?"

说话间，吴宝国的眉头下沉，明显有些警觉。

"哦，我是侦探。崔寒。"

吴宝国非常镇定，没有因为来人的身份而过度紧张，只露出一个礼貌性的微笑。他侧过身体，让出一条道。"进屋说吧。"

"崔先生是侦探，看来警方对这件案子很重视。"吴宝国关上房门。

崔寒没有回答吴宝国的话，转而问他："你怎么会在这里呢？"

"哦，我原本已经搬去邻市了，昨晚接到警局的电话，说是我租户出了命案，让我回来协助调查。我也是刚到，正准备去警局做笔录。"

"哦。"崔寒一边答应着，一边思索。

邻市，难道是……

"南庆市……"崔寒脱口而出。

"你怎么知道？"吴宝国的眼神里显露出几分讶异，"我正是南庆人。年轻时来这边闯荡，现在年纪大了，就搬回老家居住。这边的房子就空在这里了。"

"你认识王浩宁吧？"

"算是认识。"吴宝国解释说，"我认识王浩宁的父亲。"

崔寒心想：王浩宁在与孙伟关系破裂之前，他们在一起工作。离开孙伟后，他又住到了同为老乡的吴宝国家里。这纯粹是一种巧合，还是说老乡对王浩宁来说具有某种特殊意义。

崔寒更愿意相信后者。事实上，任何巧合都是潜意识导向的结果。当有人破坏这层关系时，势必会打破他的心理平衡。

吴宝国看崔寒有些迟疑，说："我们坐下说吧。"

"你能带我看看这里的房间吗?"

"当然。"吴宝国将手伸向裤袋,掏出一大串钥匙,"先去卧室看看吧。"

主卧谈不上明亮,但也不至于让人心生反感。吴宝国走到房间的尽头,拉开窗帘,阳光将房间照得通亮。

"崔先生,这个房间就这么大,我对这里的格局很清楚。你有什么疑问,尽管提。"

"好的。"

崔寒的视线扫过桌子,看到桌面上放着一个小小的透明空玻璃瓶。他拿起来看了看,又放了回去。他走到床边,背对着阳光,用身体挡住光线。他的面前随之出现了一个修长的黑色影子。

长时间凝视自己的影子会发生什么? 你仍然是你,还是你成了影子,而影子却代替了你? 崔寒陷入了沉思。

"咔哒"一声,灯亮了。影子在灯光的照射下消失得无影无踪。

"真不好意思,刚才光顾着说话,忘记开灯了。"吴宝国的手从电灯的开关处慢慢落下。

"能去另一间卧室也看看吗?"

"当然,你跟我来。"吴宝国转身走向门口,朝对面的房间走去。

在进入这个房间前,崔寒本能地停住了脚步。即便隔着一扇门，他依然能感觉到一股异样的气息从门缝中传出来，这跟他站在西泰大厦地下一层时的感觉一样。

那里仿佛有一股巨大的吸引力，吸引着一个人的全部注意力，就如站在一个巨大的深渊前向下凝视，你会发现自己的身体也会跟着向下倾斜，直至被黑暗吞噬。

这种感觉从何而来？崔寒自己也不知道。隐藏在房门背后的东西到底是什么？黑暗？空荡？还是……

"崔先生，"吴宝国喊了一声，"你怎么了？"

"我没事，你开门吧。"

吴宝国将其中一把钥匙插入钥匙孔，然后顺时针旋转了九十度，"咔"一声，门被打开了。

吴宝国没有立刻推开房门。门似乎被什么东西卡住了，他用力往前推。伴随着"咿呀"声的还有另外一种刺耳的声音——门被强行推开后，卡在门缝中的异物与地板摩擦时发出的声音。

由于次卧位于阴面，而唯一一扇窗户又被一面墙挡住，光线无法进入，房间里的空气浑浊难闻。

吴宝国摸到了电灯的开关。灯只是短暂地闪烁了一下就熄灭了，他连续按了几次开关都不管用。

"不好意思，可能是灯管爆了，得找人来换。"

"没关系。"崔寒掏出手机，将照明灯打开。

他将光束缓缓上移，直至射入黑暗的房间内。

"怎么回事?"吴宝国大吃一惊,"这是怎么回事?这是谁干的?"

崔寒静静地站在原地,举着手机的右手如同失去知觉一般静止在半空中,他的眼睛一直盯着光线的尽头。

那天下午,在西泰大厦的地下室,面对那间空荡、布满尘埃的房间时,他的心里莫名地产生一种压抑感。现在,同样的压抑感再次从心底萌生出来。他忽然感觉空气在慢慢下沉,压在自己的身上,让他难以呼吸。

崔寒费力地吸了一口气,右手的五根手指用力握住手机,以防手机从掌心滑落。他转动手腕,微弱的光线借着手腕的力量照遍整个房间。

在无尽的黑暗面前,手机的光线实在太微弱了,顷刻间就被黑暗吞噬,犹如头顶那盏灯,永远消失在黑暗中。

"这到底是怎么回事?"吴宝国仍在发问,"是不是王浩宁那小子干的?"

"应该是。"崔寒回答。

房间里乱得一塌糊涂。床、桌、椅横七竖八地躺在地上,抽屉也全被打开了。所有玻璃制品都摔成了碎片,散落在地上,像是一具具被分解的尸体,而"凶手"又毫无人性地将这些"肢体"随意丢弃。房间的墙壁上布满了由简单的线条勾勒而成的粗糙图案。

王浩宁在干什么?崔寒紧锁眉头。从地面上沉积的尘土来看，这间房间已经很长时间没有被打开过。他是什么时候把这里弄得乱七八糟的？很可能是一年前，就在孙伟将陈秀梅从他身边抢走的时候。那时他负气而走，搬到这里。为了发泄心中的情绪，他将这房间里的所有物品都砸烂，在墙上涂满凌乱的图案。最后他把房间的门锁住，再也没有打开。这种具有强烈仪式感的行为，是一种自我重建的过程。他走出这扇门，就意味着与过去彻底告别，开始新的生活。

"哎，算了。"吴宝国叹了一口气，"事已至此，再追究谁的责任也无济于事。我还是过几天找人来打扫吧，顺便把该修的都修一下。否则，这套房子怕是租不出去了。"

他转过身来问崔寒："崔先生，你要进去看看吗？"

"不用了，我已经看过了。"

吴宝国从上衣口袋里掏出一张褶皱的名片，递给崔寒，"有什么事就打这个电话。"

崔寒接过名片，看了一眼，在吴宝国的名字下方写着"南庆市书画协会副会长"，最下面留有他的手机号码。

从旧式楼房里出来时，已经接近下午五点钟。

秋冬之交，白天的时间特别短，夜晚的时间却很漫长。黑暗则趁着这段时间在人的内心深处滋生。

"年轻人，你要回去了？"老大爷站在大门旁，朝崔寒打招呼。

"我的事情已经处理完了。我要登记一下时间吗?"

"啊,不用。"老大爷摆摆手,"我会写的。"

"谢谢你。"崔寒看了一下时间,"现在是四点五十七分。"

"没关系,你走就是了。"说着,老大爷捧着一个白色的烤瓷茶杯,自顾自地走向大门另一侧,和另外几个老大爷闲聊起来。

崔寒走到老大爷身边,"大爷,你能记得住时间吗?"

老大爷笑了笑,"你走就是了,我到时候随便写个时间就行了,没事的。"

这样看来,前天上午,孙伟离开顺德小区的时间也许不是九点三十五分。

"你还记不记得 11 月 17 日上午,也就是前天,有个叫孙伟的年轻人来过这里?"崔寒问。

"孙伟?"老大爷喝了口茶,"是有印象。"

"他是什么时候离开的?"

老大爷思索了好一阵子,最终摇摇头说:"我记不起来了。这样吧,我去查查登记簿。"

"你不用去看了,看了也白看,我记得。就是那个看起来很眼生的年轻人。"一个坐在椅子上,正吃着饭的老大爷说,"是不是跟王浩宁一起的那个年轻人?"

"对。"崔寒俯身问他,"当时是什么时候?"

老大爷放下手中的碗，想了想，"这个……我有些记不清了。我记得他们当时好像在吵架。"

"你没看错?"

"我怎么可能会看错?"对方继续说，"当时，那个眼生的年轻人的手机突然响了，他拿出手机看了一眼屏幕后，就开始骂骂咧咧。王浩宁从那人手里抢过电话，没说几句就挂断了。后来，他们就互相争吵着出去了。"

可以确定，孙伟和王浩宁离开顺德小区的时间正是陈秀梅打电话来的时候，也就是九点二十八分。

"哦，对，我想起来了，我还劝他们不要再吵了。"门卫老大爷说。

"你听到他们在争什么吗?"崔寒问。

门卫老大爷顿了顿，说:"我记得他们好像在说女人，我当时还劝过他们，说年轻人应该把时间用在工作上，别为了一个女人伤了兄弟感情。"

崔寒点了点头。

此时，天已经完全暗下来了。旧式楼房中散发出来的黄色灯光像是在卑微地祈求着来往的行人不要遗忘了这里的人和事。

王浩宁和孙伟的死因是确定的，甚至连加害人与被害人的身份都已经证实。但是，作为案件的加害人，王浩宁为什么要自杀? 崔寒开始重新思考这个问题。

到目前为止，崔寒几乎已经掌握坠崖案的所有资料，但没有任何线索能解释这个疑问。

时间已至凌晨两点三十分。

崔寒躺在床上，没有任何光线，没有任何声音，他仿佛置身于一片混沌之中，时空都静止了。他忽然感觉有无数只眼睛在看着他，又好像有无数只手向他伸来。这种感觉——

他猛地睁开眼睛，可什么也看不到。他越是集中注意力，这种感觉就越强烈，即便他多次暗示自己正躺在床上——世界上没有一个人能够抵挡得了绝对的黑暗。崔寒感到全身发麻。他想打开灯，可他发现自己竟然无法控制自己的双手。

突然间，他感觉到全身的感官变得格外敏锐。当他再次闭上眼睛时，他发现自己竟然在一间地下室内，隐约能听到奇怪的声音——似乎有人在哭泣。空气中的尘埃在他身边缓缓下沉，落在地面上。

恍惚之间，他似乎又来到另一个地方，地面有许多碎玻璃渣，脚踩在上面有明显的刺痛感。墙壁上凌乱的线条竟然开始跳动起来，像是在讲述一个古老而神秘的故事。

黑暗。

影子。

　　崔寒联想到在王浩宁公寓的卧室里与自己面对面的那个影子，他的脑海中出现了一个令人毛骨悚然的想法：难道真正的王浩宁已经被尘封在自己的影子中，而影子却代替他存活在这个世界上？那么，谁在操控他的影子？

　　手机铃声刺破了由黑暗编织而成的结界。

　　崔寒瞬间恢复了意识。他侧过身子，将手伸向放在桌上的手机。

　　"喂。"崔寒的声音有些虚弱。

　　"你怎么了？睡了？"顾峻峰有些惊讶。在顾峻峰的记忆里，崔寒几乎不会在凌晨三点之前睡觉。

　　"哦，没有。这么晚了，有事吗？"

　　"本来想早点给你打电话的，后来因为有事耽搁了。你今天有什么意外收获吗？"

　　"谈不上有收获，也谈不上没收获。"

　　"这么玄乎？"顾峻峰笑着说，"有什么事情能难倒我们的大侦探？你倒是说说，让我也乐呵乐呵。"

　　崔寒没心情跟他犯贫，把今天离开警局后遇到的事情说了一遍，并将王浩宁、孙伟和陈秀梅的时间线着重强调了一下。

　　"哦，原来如此。"顾峻峰在电话那头感叹，"辛苦你了。给我们提供了不少信息，我会在查证后写进报告里。对了，你明天要来警局吗？"

"不来。"

"你有安排?"

"也许吧。"

挂断电话后，崔寒发现自己异常清醒。刚刚的混沌状态一扫而空，如此说来，自己还得感谢顾峻峰打来的这通电话。

现在，当他再次闭上眼睛的时候，出现在他眼前的不再是那些幻象，而是真实、鲜活的人物。

真的没有任何线索吗?

不是。

王浩宁是具备杀人动机的。大约在一年前，孙伟将王浩宁的女朋友——陈秀梅从他身边抢走，并跟她结婚。这可能是他的杀人动机。当然，应该还有另外一个因素。这个因素小到可以忽略不计——任何微妙的情绪都有可能影响一个人的行为，引导他做出一些不可思议的事情。

以王浩宁的性格，他在一个陌生的城市里很难交到朋友，所以才会那么在意老乡这个身份。也许在他的潜意识里，他认为老乡这层身份足以保障两个人的关系，有时候他甚至做出一些过分的事情。对他来说，他不觉得这些事情超出了安全范围，也不觉得这样做有可能会激怒对方。

当陈秀梅离开王浩宁后，他不仅失去了恋人，还失去了两个老乡——对他来说，或许后者更为重要。在各种因素的影响下，王浩宁的杀人动机终于形成了。

可为什么他当时没有动手，却选择在一年之后动手呢？

一般来说，人的情感会随着时间的推移慢慢淡化，无论是热爱还是憎恶。可是王浩宁的所作所为却有违这种常理，这又是为什么呢？唯一的解释是，在这之中一定夹杂着某种外界因素的刺激。

至此，所有的谜团非但没有解开，反而越来越大，如同一个没有尽头的隧道，看不到任何曙光，也不知道何时才能找到出口。

次日晌午，崔寒再一次去了西郊的山崖。

他把车停在原先的位置。仅仅过了两天，被车轮倾轧过的杂草就恢复了挺拔的身姿，一切如初，只有显眼的警戒条像是在宣告——三天前这里曾发生过命案。

他站在警戒条旁，目光聚焦在王浩宁和孙伟的尸体被发现的地方。他忽然有一种冲动，想走进去，躺在那个地方亲身体验一下"死亡"的感觉。可最终，他还是没有跨过警戒条。

他沿着两天前走过的路，径直爬上山顶。当他到达山顶时，已经接近正午，秋日的阳光失去了往日的炙热，照在脸上反而有种温暖的感觉，有如春风拂面。

在他面前有一处脚印非常密集的地方。他走上前去，面朝溪水，闭目而立。

　　如果是王浩宁，他会怎么想？此时，他已经将孙伟推下山崖，并且亲眼目睹了高空坠落的惨相。

　　他在想什么？或者说，他想到了什么，以至于他非得以自杀的方式结束自己的生命不可。

　　是悔恨吗？还是害怕？

　　当崔寒睁开眼睛的时候，耀眼的光线穿过他的瞳孔，让他感到一阵眩晕。他感觉自己的身体本能地向前倾倒，越来越靠近山崖边缘。他后退了两步，站住脚，连做了两次深呼吸。

　　王浩宁也会有这种体验吗？

　　可当他准备转身离开这里的时候，他突然意识到，真实的情形与他的猜想或许存在着很大的偏差。他的眉毛弯曲成两条曲线：眼前的美好画面与王浩宁长期压抑的内心形成鲜明的对比，刺激着崔寒的思考。

　　在此之前，王浩宁或许也受到过某种刺激。这种刺激激发起了他内心最原始的罪恶。它是偶然的，还是必然的？如果是前者，那么整件案件都将归于巧合；如果是后者，那么案件的复杂程度将大大增加，或许真相将超出他的想象。

　　这也是崔寒所担心的地方。关于这个假设，崔寒没有跟任何人提起，当然也没有告诉顾峻峰。如果这个假设成立，那么势必存在第三个人。也就是说，这个人以某种方式刺激了他。

这个人是不是姜明口中的"上帝"？如果这个"上帝"真的存在，又是在什么时候出现的？

崔寒回到车上后，开始回忆整件案件的经过。就目前掌握的所有线索来看，完全可以结案了——杀人动机和作案方式都已经十分明了。可是，所有的线索并非形成一个闭环，而是在某个地方突然被切断了，甚至因为某些不可知因素的参与，使得整个线索链发生重组，最终会形成一个新的线索链。这个时候，如果仍旧以原先的眼光和思维去看待整个案件，势必会遗漏很多线索。

崔寒突然睁开眼睛，脸上全是汗水，冷汗也从他的后背不住地冒出来。

最糟糕的事情恐怕要发生了。

如果他无法验证坠崖事件的偶然性，那么就只剩下这一种可能性，即其中必定有外界因素的干预。他的直觉有很大概率是正确的，而他第一次产生这种直觉正是在姜明割喉自杀的时候。

崔寒转过身，从后座拿过公文包，取出里面那张A4纸——姜明的简历。他从简历中找到姜明的老家地址，然后开车朝华意市方向驶去。

第七章

三年之前

　　三年前——这个时间已经有两次出现在崔寒面前了。那么，三年前到底发生了什么，以至于琴姐觉得这件事会对姜明三年后的行为产生影响？

华意市位于西泰市的东南面。四个小时的车程，加上吃饭和中途休憩的时间，崔寒到达华意市市区时已经是下午五点钟。他没有立即前往姜明的老家，先住进了一家宾馆。

"你知道这个天井村怎么走吗？"崔寒没能从导航中找到去往姜明家的路，只好询问宾馆前台的女服务员。

"你不是本地人？"女服务员看了一眼崔寒的身份证，又瞟了他一眼，伸长脖子去看崔寒手机上的地图。

"哦，是的。"崔寒指着手机屏幕，"就是这个地方。"

"不好意思啊，我也不知道。"女服务员缩回脖子，"不过你今天运气好，我们宾馆正好有个房客是天井村的。"

"你确定？"

"身份证上不是写得很清楚吗？"说着，她坐下来，双手开始敲击键盘，"你去205房间吧，那个人就是从天井村来的。"

"你这不是泄露客人隐私吗？"

"你这个人怎么这么奇怪。"女服务员愤愤不平地站起来，"你有没有搞清楚？我这是在帮你。你当我没说过。"

"我不是这个意思。"

"男人都是这样。"她的脸色瞬间变得阴沉，"都是善变的，说的话不能信。"

崔寒有些困惑，前一句还在谈论泄露客人隐私的事情，后一句怎么就变成了男女情感问题。

"谢谢你。"他拿了房卡，朝电梯走去。

放下行李后，他立刻前去205房间找人。

"砰——砰砰——"崔寒敲响了205的房门。

"是谁啊？"里面传来一个纤细的声音。接着，就是一阵脚步声。

女人打开一条缝，从门缝里打量了崔寒一番，"你是谁啊？有事吗？"

"哦。"崔寒干咳了一声，"我是来问路的。"

"问路的？"女人诧异地看着他，"你找错人了。"

"没找错。"崔寒继续说，"你能告诉我天井村怎么走吗？"

"天井村？"女人迟疑了几秒后，反问道，"你知道这个地方？"

"我要去天井村。"

"你为什么会来找我？"

"这个……"崔寒笑了笑，"我就是希望找个本地人问问。你知道怎么去那里吗？"

崔寒刻意转移她的注意力。他不想说自己是从宾馆服务员那里得知的，没必要惹麻烦。

女人再次打量了他一番，"真要去？"

崔寒点了一下头。

"进来说吧。"说着，女人拉开了门，示意崔寒进来。

"你叫什么名字？"女人问他。

"崔寒。"

"哦，我叫姜阿玲。"她看了崔寒一眼，"你去那里做什么？"

"去看看。"

"现在还会有人想去那个小村子。你不是本地人吧？"

"不是。"崔寒摇摇头，"我是邻市来的——西泰市。"

"哦……难怪不知道那件事……"

"什么？"

姜阿玲没再往下说，岔开了话题："西泰市是个不错的地方，我刚准备明天过去呢。"

"嗯。"崔寒点了点头，"你还没说怎么去天井村。"

"你真要去？"姜阿玲再次看了他一眼。

"要去。"

"我劝你还是别去了。"

"为什么？"

"这个……"姜阿玲顿了顿，"那个地方不干净……"

她见崔寒一脸疑惑，又补充了一句："那个地方不能住人。我以前也是天井村的人，现在搬到县城了。"

"为什么这么说？"

"嗯……"姜阿玲摸了摸后脑勺，"大约在三年前，我们村子每晚都会传来一些凄惨的叫声。我们找遍了整个村子，也找不到原因。后来还专门请了人来，可是什么用也没有。天井村是个小村子，总共就没几户人家，索性大家就搬走了，现在应该没人住了吧。你就算到了那里也只能看到一个荒村，还要去吗？"

三年前？从时间上来看，村子里传出奇怪的声音与姜明离职几乎是在同一时间，两者之间有什么联系吗？

"你是什么时候搬走的？"

"两年前吧。"姜阿玲叹了一口气，"我也是没有办法，挨到最后才搬。"

"你是最后一个走的？"

"那倒不是，姜明他们一家还在。"

"姜明没有搬走吗？"

"听你的口气，你认识他？"

"对。"崔寒点了点头，"我就是来找他的。你知不知道，他后来怎么样了？"

"这个我就不知道了。"姜阿玲摇了摇头。

"你后来没回过天井村？"

"回去干什么？"

"哦，我还是想去看看。你能告诉我怎么走吗？"

"行吧。你要真想去,我也拦不住你。别怪我没提醒你,你可得小心点儿,有什么不对劲的,马上就走。"

离开前,姜阿玲画了一张去往天井村的地图递给崔寒。

次日上午,崔寒开着车,一路向北,进入一条盘山公路。在翻过一座山后,他发现自己已经消失在导航之中。他只能按照姜阿玲提供的潦草的涂鸦继续向前行驶。由于前天下过雨,山路狭窄而泥泞,他只能将车速减至最低,缓缓前行。

当他抵达目的地的时候,已经接近正午。

姜阿玲没说错。村子的确很小,仅有四座房子,其中三座已经破败。整个村子只有一条不到三米宽的泥路连接着外界。崔寒下了车,沿着这条路一直向里走去。在路的左侧有一口水井,井沿处有无数道温润的凹槽,这是绳子与井沿经过常年摩擦形成的。这是一口古井。想必,天井村的名字与这口古井有着千丝万缕的联系。

在这四座残破的房子中,仅有靠北的一座有青烟升起。屋子是传统的"一字式"民居,中间一间稍大的是中堂,左右各有一间房间。建成屋子的砖头裸露在外,在风雨的冲刷下,已由青色变为灰色。屋子离地面有一定的高度,能起到一定的防潮作用。院墙的周围散落着许多细碎的瓦片,这是疏于打理的结果。

　　中堂的门是敞开的。桌子上放着两根蜡烛，微弱的火苗还在不住地向上蹿动。桌子中央放着的是姜明的黑白照片。

　　崔寒站在门口，整个中堂的格局淋漓尽致地展现他的面前。尽管屋子里看不到人，但他依稀能听到微弱的哭泣声，声音来自一个女人。

　　"有人在吗？"崔寒问，左右各看了几眼。

　　哭泣声突然停止了，紧接着是很长一段时间的静默。

　　"有人在吗？"崔寒又问。

　　许久过后，一阵绵软的脚步声从左侧的房间传来，越来越清晰。一个五十岁上下、穿着一件浅灰色斜开襟带盘扣衣服的妇人慢慢地撩起布帘。她的相貌与照片上的姜明有几分神似，应该是姜明的母亲。她讶异地看着眼前这个陌生男人。

　　"谁？"说着，妇人走到崔寒的面前，她的眼神立刻变得锐利起来，脸上全然没有了刚才那种惊慌失措的神情，"你是什么人？"

　　"我是姜明的朋友。"崔寒瞟了一眼放在桌子上的照片。

　　妇人上下打量了崔寒一番。"你说谎，你到底是什么人？"

　　很难想象，一个农村妇人会有如此敏锐的直觉。

　　"我是侦探。"崔寒没再打算隐瞒身份。"但我的确认识姜明。"他补充了一句。

"哦。侦探。"妇人向后转了一下头,看了黑白照片一眼,"你来这里做什么?"

"我是来调查姜明的死因的。"

妇人的脸颊略微抽动了一下,"你是说,你是来调查案子的?"

"对。"崔寒郑重地点了点头。

"好,好,好……"她的眼眶瞬间湿润了,眼神中也卸下了防备,"真是老天开眼了……老天开眼了……我不相信我的儿子会杀人……他一定不是杀人凶手……我相信他……"

"你凭什么如此肯定?"

"他是我儿子,我当然能肯定。"

"能把你知道的所有信息告诉我吗?"

"好,好……"妇人侧过身体,哽咽着说,"进屋说吧,先进屋……"

眼前的这个人以及这个仅有四户的古老村子,似乎隐藏着一个巨大的秘密。为什么三年前会出现诡异的声音?为什么其他三户人都相继搬离天井村,而姜明的母亲却一直守在这里?为什么这个妇人会如此笃定她的儿子没有杀人?是出于一位母亲的本能吗?所有的谜团都将从这个乡村妇人的口中开启。

为了避嫌,妇人将崔寒请入右侧的房间,而非坐在中堂。

她把手臂搭在凳子上，用衣袖来回擦了几遍。"干净了，坐吧。"然后，自己一屁股坐到了另外一张凳子上。

"家里很久没有来人了，怪乱的。哦，你叫我琴姐吧。村里人还在的时候，都这么叫我。"

崔寒环顾了一下四周。整个房间狭小而阴暗，只有南面一扇窗户。屋里没有开灯，靠着偷跑进来的阳光勉强能够看清对方的脸。

"哦，没事，我们就从那张照片说起吧。"崔寒朝门口方向指了指。

"今天是我儿子的'头七'。"昏暗中，琴姐的声音变得越来越微弱。她抽泣了几声，显然是在克制自己的情绪。"七天前的晚上，我接到西泰市警局打来的电话，说是姜明参与了一起谋杀案，把一个人推下了天台。后来，警察告诉我，姜明也死在了现场。我一直不敢相信这是真的，直到我见到了他的尸体——他的脖子上有一道刀痕。那个痕迹，我一辈子都忘不了。我只要一闭上眼睛就能看到它。"

"人一定不是他杀的，我敢保证。"琴姐颤抖着说，"我知道我儿子一定不会杀人的，他是被人陷害的。你一定要帮我查清楚，还他一个公道。"

"可是，就目前我们掌握的所有证据都指向他，而且他也自杀，死无对证，你怎么确定他一定没有杀人？"崔寒问道。

"我不知道，"琴姐用手捂住自己的耳朵，摇了摇头，"但我可以确定，姜明是不会杀人的。"

　　这种充满主观臆断的言辞很难取信于人，即便当事人多么笃定。一个母亲的本能自然是保护自己的孩子，而人类自私的本性更会加重自己的立场。

　　"你有证据吗？"

　　琴姐陷入了沉思。

　　整个房间瞬间安静下来。由于崔寒背对阳光而坐，他的前面形成了一个黝黑、深邃的影子。他低头向下看，与自己的影子对视。刹那间，他似乎感到自己身上多了一股力，实实在在地作用在他身上。他的身体开始缓缓向前倾。

　　黑暗中，他仿佛看到了一张脸：眼睛、鼻子、嘴巴……这个人有着跟他相似的面孔。他似乎能听到这个人在跟他说话："你想知道真相吗？把你的灵魂交给我，我来帮你找到答案……别逞强了。就凭你，永远都不可能找到的……"

　　我真的找不到真相吗？崔寒问自己。显然，他至今依然满腹疑问。有好几次，他以为自己已经接近案件的核心，可事实上，当他更进一步深入调查时，他发现自己所知道的线索仅仅是冰山一角。那个掩藏在死者内心或者潜意识中的因素到底是什么？

　　"最有可能的，也就是那件事了。告诉你好了，现在已经没有什么不能说的了。"琴姐喃喃地自言自语道。

　　"什么事？"

"那件事情发生在三年前……"

三年前——这个时间已经有两次出现在崔寒面前了。第一次，是他在姜明的简历上看到的；第二次，是下榻市区宾馆时，同为天井村人的姜阿玲说的。那么，三年前到底发生了什么，以至于琴姐觉得这件事会对姜明三年后的行为产生影响，甚至导致了姜明的自杀？

琴姐接着说："那天，姜明突然回到家里。我以为他是回来看我的，他上班的制鞋厂离这里很远，往常，他只有过节的时候才会回来。第二天，他没走。我问他怎么不去上班？他回答说，今天不去了。又过了一天，我看他还没有去上班，觉得这事有些蹊跷。他只是说，今天也不上班。在我的追问下，他说了实情：他被开除了，原因是别人诬陷他偷了工厂的钱。我们家是没钱，但我的儿子是绝对不可能偷钱的。他小时候，我经常把钱放在桌子上，他从来都没有拿过。"

"你知道当中的细节吗？"崔寒问。

"一开始，我没在意，也没认为这是什么大事，还催促他，让他赶紧去上班。后来我才知道，这件事情在他心里一直是个解不开的结。他告诉我，当时工厂的财务办公室失窃了，而那个下午，就只有他一个人去过办公室。全厂的人都认为是他偷了钱，他最需要钱，我当时身体不好，看病要花很多钱。他说不清楚，把自己的衣服都脱下来，让别人搜查。那些人没有在他身上找到一分钱，却说他把钱藏起来了。最后，厂长来了，逼他交钱，否则就开除他。他拿不出钱，只好认栽。他是我们村念书最多的，好不容易干到车间主任，说下岗就下岗了。"

"钱是他拿的吗？"

"不可能。"琴姐极力反驳，"如果他拿了钱，一定会交给我的，可我没有看到一分钱。"

"后来呢？"

"接下来的一个月里，他一直躲在家里没出过门。有时候，他把房间的门反锁，在里面一待就是一整天。我早上出去干活前会在锅里留点儿饭，寻思着，他要是饿了，可以吃点儿。可当我干完活回来，打开锅盖一看，他一点儿都没动过。

"之后，情况就变得越来越严重。他开始无缘无故地砸东西，把房间弄得一塌糊涂。晚上，我还能听到他房间里传出奇怪的声音。"

"你是说一种怪声？"崔寒问，"像哭泣声？"

"你怎么知道？"琴姐疑惑地看着崔寒的眼睛。

"哦，我也是听人说起。"

"是谁？"

"姜阿玲。你应该认识。"

"啊，她呀。"琴姐恍然大悟。对她来说，这个名字既熟悉又陌生，因为已经有太长时间没有人提起过这个名字。"他们家后来搬走了，我就没再见过她。没想到你竟然碰到她，看来真是缘分。我想，她一定跟你说过我们村里发生的事情。"

"对。"崔寒微微点了点头。因为逆光的缘故，即便琴姐很难看清崔寒的面部表情，但他还是习惯性地做一些微小的动作，示意自己在认真听对方讲话。"如果我没猜错，姜阿玲所说的那种奇怪的声音就是姜明发出来的。"

"嗯。"琴姐叹了一口气。

"你为什么不解释清楚?"

"我也是没有办法。孩子他爸死得早，我们娘俩相依为命。如果这件事情被大伙知道，他们一定会认为姜明疯了，可能还会把他赶出去。那样的话，我也活不成了。"琴姐的语气变得极其坚定，"我绝不能让这样的事情发生。"

"你打算怎么做?"

"我偷偷在房间里砌了一堵墙，把他关在里面，希望声音会小点儿。"琴姐无奈地叹了口气。

难怪崔寒从一进来就觉得房子的格局有些异样，原来是这么回事。

"没人发现?"

"没有。"琴姐摇摇头，"他们也进来过几次，都没有发现。后来，他们都说这个地方不干净，就陆续搬走了。"

"姜明被关在这里多长时间？"

"有一年了。"

"我能进去看看吗？"

"你要进去？"琴姐迅速站了起来，"算了，你想看就看吧。"

对琴姐来说，这堵墙就是砌在她心里的一道围墙。她亲手将自己的儿子带到人间，又亲手将他与这个世界隔离。作为一位母亲，最痛心莫过如此。可以想象，无数个夜晚，姜明在里面哀嚎哭诉，她在外面辗转难眠，中间就隔着一道墙。然而，除此之外，她毫无办法。

崔寒终于明白琴姐与普通年近半百的妇女截然不同的原因了。当一个女人——尤其是一位母亲——经历过这样的事情后，她会形成习惯性的警觉和近乎本能的敏锐，以抵挡外来因素的打扰。

琴姐撩起布帘。布帘的后面是一扇很小的门，琴姐用力一推，门咯吱咯吱地打开了。

看着琴姐的背影，崔寒觉得自己仿佛看到了死去的姜明。残留在脑海中的模糊影像与眼前的这个人高度重合。一是琴姐和姜明本是母子，他们的身上存在着太多相似之处；二是自己此刻所处的特殊环境，昏暗的光线更容易使人进入一种模糊朦胧的状态——似乎当崔寒刚进入天井村时就已经接受了某种暗示。

　　这种暗示是谁给他的？是琴姐吗？以琴姐的状况，她根本无法对崔寒进行暗示。是他自己吗？对真相的执着追求反而会让自己陷入当局者迷的困境。他此时面对的，正是一种博弈——真相与障碍的博弈。

　　如果再进一步深究，这种博弈是谁设置的？是被害人、加害人，还是那个未知的外界因素——"上帝"？不过，唯一可以肯定的是，自己已经成为局内人，博弈早已开始。

　　博弈需要局内人是一个"完全理性人"，崔寒显然不是。任何一个人都不可能将情感完全剥离，但在某种特定的情况下，崔寒的情感诉求会下降到唯一的一条：找出真相。

　　"愣着干吗？"琴姐转过头对崔寒说，"你不是想进来看看吗？"

　　"好。"崔寒缓缓地站起来，走上前去。

　　他穿过布帘，钻入狭小的门框，里面漆黑一片。虽然只要一伸手就能触到两侧墙壁，他还是感觉仿佛置身于无尽的黑暗中，自己变得十分渺小，微末如尘埃。他确定自己没有患幽闭恐惧症，否则，他很可能会看到无数双眼睛正盯着自己、无数双手向他伸来，又或是无数张嘴撕咬着他的身体。

　　"能把灯打开吗？"崔寒问。

　　"不好意思，这里没有灯。要不我去给你拿个手电？"

　　"哦，不用了。"崔寒掏出手机，打开照明灯，周围的一切瞬间清晰了起来。那些幻想中可能会出现的东西，在微弱的光线中消失得无影无踪。

这里空间不大，相当于一条狭长的走廊，宽度仅有一米。在隔间的尽头有一张木椅，椅背上挂着一跟土黄色的麻绳。

"他每天都被绳子绑着吗?"崔寒扭过头，问身后的琴姐。

"对。"琴姐无力地回答，"我这也是没有办法，只能这么做了。"

"他被这样关了整整一年?"

"对。有人问起，我就说出去打工了。"

"没有出去过吗?"

"没有。"琴姐摇摇头，转身朝外面走去，"我还是去拿手电吧。只要能帮他讨回公道，我不介意做任何事。"

琴姐离开后，崔寒关闭了手机里的照明灯。他摸着墙壁，缓缓向前走去，直到他的脚尖碰到那把椅子。他转过身来，坐了下去。他曾亲自站在西郊的山崖上体验王浩宁临死前的感受，可那次体验的真实性不及现在的万分之一。当时现场没有任何其他物体，而现在，他就坐在姜明曾经坐过的椅子上，就连身处的氛围都如出一辙。

他的呼吸不自觉地加快，仿佛身体的任何一个部位都已不受控制。他唯一能够控制的，只有自己的思维。

忽然间，他觉得自己的身体被什么东西绑住了，难以动弹。他拼命地挣扎，撕心裂肺地呼喊，但没有人来帮他，他开始失声痛哭。不知道过了多久，他终于失去了最后一丝希望，觉得自己永远也无法从这里走出去。

"你怎么坐那里去了？"琴姐站在门口，手电发出的光束正对准崔寒的脸。

刺眼的光打断了崔寒的思绪。他站起来，走出隔间，问琴姐："姜明有抑郁症吗？"

"你怎么知道？"琴姐愕然地看着他，"我也是听人说起的，说这是一种精神病。我以为要这样守着他一辈子了。"

"他好了？"

"这种病很不好治，就算花了钱也不一定能治好。我们当时已经花不起这个钱。我听说听音乐管用，我就去买了很多光碟来，放给他听。后来，他的病真的好了。"

"真的好了？"

"真的好了。"琴姐笃定地说，"不然，他也不能出去打工。"

也许琴姐至今都不知道，姜明的抑郁症并没有彻底治好，只是通过某些手段将那些引发抑郁的痛苦经历埋入了潜意识中。由于之前有过被误解的经历，致使他在进入一个新环境时很难与周围的人建立社会关系。这种经历会让他产生了抵抗情绪，限制着自己的社交欲望。而且，这种音乐疗法的操作需要专业人士介入，琴姐是否具有一定的音乐素养和筛选音乐的能力呢？当然没有。

"姜明平常都听些什么音乐?"崔寒问。

"我也不太清楚。我每天有很多事情要做,也顾不上这些。"

"能带我看看吗?"

"可以。"琴姐朝前走去,"你跟我来。"

崔寒从一大堆光碟中看到了三个熟悉的字——尹单单。他拿起一张光碟,背面有很多条划痕,显然是被多次播放过的。

自此,姜明杀害尹单单的动机终于浮出水面。对他来说,尹单单是将他从地狱里拯救出来的天使,她的歌声有洗涤灵魂的力量。可当他到达西泰市后,他所接触到信息却在不断地质疑着他的信念——他听说尹单单背地里做了很多伤天害理的事情。终于有一天,他的信念体系被摧毁了,产生了杀机。

从某种意义上来说,姜明的杀人动机同王浩宁的一样——憎恨。

"对,他很喜欢听这个人的歌。"琴姐解释说。

崔寒放下光碟,径直走出房间,没再多说什么。向琴姐告别后,他回到了车上。其间,琴姐又多次询问他关于姜明的情况,他都没有回答。当他经过中堂的时候,他甚至没再看那张照片一眼。

现在,他需要好好理一理思路。他需要光线,在那个昏暗的房间里，他无法客观理性地思考，脑海中总是会不自觉地浮现出一些与现实背离的画面。

崔寒发动车子，原路返回。回市区的路上，他的大脑一直处于一种膨胀的状态。当一个人突然接收到大量信息时，他是无法正常、理性地思考的。此刻，他需要做的就是让自己冷静下来，最快的方法就是离开天井村，回到自己熟知的环境中。

他回想起自己坐在那张椅子上的情形，当时他唯一想做的就是把自己逼疯。事实上，这也是一种自我保护，保护自我不被毁灭。当外界刺激达到某种程度时，人的意识会进入模糊状态，这时候，自我的保护本能开启——一种精神上的保护。

崔寒似乎明白了为什么姜明、王浩宁在行凶之后会选择自杀，是自我保护机制在起作用。然而，启动这种极端的自我保护机制单靠自我本身的力量是无法完成的，因为他要毁灭的正是自我本身。因此，必须有外界因素的介入才能完成这一切。

他开始将两件案件联系起来：

先说姜明。三年前，姜明因为被诬陷为小偷丢了工作，并且患上严重的抑郁症。在往后的一年多时间里，他的病情非但没有好转，反而进一步恶化，反映在行为上就是，他会破坏物品，甚至发出奇怪的哭喊声。在音乐的帮助下，他的病情有了好转，但没有根治。其中，尹单单的歌声是整个转折中的关键因素。大约在一年半后，他来到西泰大厦工作。此时他的状态并没有真正调整好，依然会下意识地抵触社交。长此以往，他内心的消极情绪逐渐累积。在这个过程中，刚刚建立起来的信念体系正逐渐瓦解。于是，他开始寻找释放的途径：潜入张自立的办公室，偷取隔壁房间的钥匙，再次将自己置于一个完全黑暗的环境中。

等等。

崔寒突然想起一件事。张自立说过，姜明在出事的前一个星期好像突然变了一个人。也许在一个星期前，姜明身上发生了什么事情。极有可能是，有人在一个星期前介入了姜明的生活。

为什么姜明在临死前会提到"上帝"？为什么他说自己是受"上帝"的指示杀害尹单单，继而自杀？"上帝"不会凭空出现，这个身份很有可能是某个人在他脑海中的化身，而介入他生活的人与"上帝"之间又有什么联系呢？具有相似作案行为的王浩宁是否也能看到"上帝"？他也是受到了"上帝"的指示吗？

根据法医提供的验尸报告，王浩宁的右手背上有一个针眼，他曾被注射过异戊巴比妥。这种药物具备催眠功能——如果计量控制得当。崔寒有理由相信，王浩宁曾经受到暗示，而这个暗示他的人会是刺激他的人吗？

他的情况与姜明类似。一年前，女友陈秀梅被同为老乡的孙伟从身边抢走，他曾经为此愤怒不已，并试图通过封锁记忆的方法让自己从这段伤痛中走出来。他的方法是奏效的。在往后长达一年的时间里，他的生活没有出现紊乱。

可事实上，他并没有真正将这件事放下，甚至他的秘密还被一个人窥探了。在这个人的刺激下，隐藏在内心深处的愤怒再次被激活。所以，王浩宁才会在时隔一年之后对孙伟下手。

那么，姜明口中的"上帝"和刺激王浩宁的这个人是不是同一个人？换句话说，姜明是不是也被同一个人暗示过？姜明的右手背上恰好也出现了一个红点，他们在自杀前都曾出现过异样的举动——类似接受某种极端的暗示。

如果以上问题的结论是肯定的，那么就说明这是一起连环杀人案。

就目前掌握的线索来看，案件似乎正在朝着这个方向发展。虽然两件案件的过程不尽相同，结果却在某些方面惊人的一致。

世界上没有两个具有相同外形的人，当然，世界上也没有拥有相同思维和逻辑的人。

最后一个问题：抑郁症、催眠、暗示、谋杀、自杀，这些线索之间到底有什么内在联系？

想到这里，崔寒的脑袋突然生出一阵剧痛。

摆在他面前的是一个非常现实的问题：他该从哪里下手？

就在这时，他的手机突然震动了，是顾峻峰打来的电话。

"我现在在福悦小区，你过来一趟吧。"顾峻峰的声音中夹杂着许多其他嘈杂的声音。

"怎么这么吵？"

"市区又发生了一起命案。"

"又是两个人？"

"不是，这次是一个人。这件案件同样很蹊跷。你在哪里？"顾峻峰问。

"我现在在外面，马上回来。"

"嘟嘟嘟……"顾峻峰挂了电话。

蹊跷？哪里蹊跷？顾峻峰没说清楚。

崔寒放下手机，往回西泰市的路开去。

第八章

死亡现场

　　密室杀人，崔寒首先想到的就是这四个字。房门紧闭，现场找不到第二个人的痕迹，而死者却死在了自己熟悉的环境中，这构成了密室杀人的基本条件。

"你在哪里？怎么还没到？"顾峻峰再次打来电话。

此时，崔寒的车刚刚进入西泰市，时间已经临近傍晚。

"快到了。"崔寒回答。

"什么？"顾峻峰有些意外，"我们准备收队了。这样吧，你直接来警局。"

在顾峻峰的印象里，崔寒从来都是随叫随到的，尤其是有特殊案件发生的时候。

"算了，"顾峻峰想了想，"我还是去你家吧。你大概什么时候回来？"

"一个小时后。"

"好。到时候见。"

天已经黑了。当崔寒回到家时没有在楼前看到其他车辆，这让他舒了一口气，否则，顾峻峰一定会无休止地抱怨他回来得太迟了，或者逼问他去了哪里。

就在他换好衣服后，门铃响了。紧接着，传来一个熟悉的声音："寒哥在吗？寒哥，寒哥。"

崔寒无奈地走到门后，打开房门。

那个令人烦躁的声音再次响起："我就说寒哥在家吧，你们还不相信。这下我赢了。"

顾峻峰将头扭向一侧，示意并非自己的意愿："他们非要跟来。"

"进来坐吧。"崔寒侧过身体。

顾峻峰瞥了崔寒一眼，"刚回来？去哪里了？"

"出去转了转，"崔寒转过头，"也没去哪里。"

"行吧，回来就好。你应该还没吃饭吧？"

"没有。"

"正好，我们也没吃饭。这样吧，我请客，我们先出去吃饭。上次还欠你一顿饭呢。你看，我到现在还记得，够意思吧。"

"走吧，寒哥。能坑顾队一次不容易。"齐帅站起来，提了提裤子。

整个房间只有赵冰彤仍一言不发地坐在沙发上。

"我看还是算了吧。什么案子，你快说吧。我想应该很快就能解决，不耽误大家回去吃晚饭。"崔寒看着一脸不情愿的齐帅，"今晚我还有点事，不能跟大家吃饭了，改天吧。"

"得。你这哥们没得说，净想着给我省钱。"顾峻峰立刻换了一种语气，"今天，我们接到福悦小区的群众报案。到达现场后，我们发现屋内有一具男尸。死者名叫徐仲伟，四十二岁，是该小区的业主，死亡时间在两天前的下午五点到八点之间。我们觉得案件很蹊跷，想请你这个大侦探帮帮忙。”

"我最近很忙，恐怕没时间。"在崔寒看来，这样的案件不算复杂。以他的经验，致使一个人死亡的因素并不是很多，况且这个人还是死在自己家中，很多因素可以被自然排除。只要让法医验一下尸体，结果自然就明了了。

"你还是先看看照片吧。"顾峻峰转头对赵冰彤说，"冰彤，把照片给崔寒看看。"

在崔寒接过照片的同时，顾峻峰又说："如果你也发现不了，那就只能按照原计划执行了。"

这句话撬动了崔寒的好奇心。他先是瞟了顾峻峰一眼，然后低下头，看着手中的照片。

第一张是死者徐仲伟的照片。他趴在地上，四肢分散，双手握拳，头部有大量血迹。死者正前方是一个玻璃茶几，靠近死者的茶几角上留有血迹。死者的死因初步断定为：头部受到猛烈撞击致死。

接下来的五张照片拍的都是死者家的内景。

崔寒看到第一张照片时，没有多大反应。在他的意识里，现场出现死人以及大量的血迹，甚至是一些更恐怖、恶心的画面都再正常不过了。无论这些东西有多恐怖也不会大过死亡本身。

但是，当他看完剩下的五张照片时，眉头却不自觉地皱了起来。他抬起头，看了顾峻峰一眼。

"你注意到了吗?"顾峻峰问。

"嗯……这个人不简单。"崔寒回答。

"的确不简单。你有什么看法?"

"你们对他进行了尸检没有?"

"正在做。"齐帅插了一句话。

"哦。"崔寒应了一声，接着问顾峻峰，"这个人有严重的强迫症吧?"

"还有呢? 你还看到了什么?"顾峻峰问。

"你确定在你们之前，没有人到过现场吗?"

"我们接到报案后就立刻赶到了现场，门也是我们打开的。"

"没人动过手脚?"

"没有。"

密室杀人，崔寒首先想到的就是这四个字。房门紧闭，现场找不到第二个人的痕迹，而死者却死在了自己熟悉的环境中，这构成了密室杀人的基本条件。那么，嫌疑人是谁? 他为什么要杀人? 又是怎么杀人的? 嫌疑人潜入死者家中，精心布置了这一局面，却不留下任何线索，这可能吗? 当然，也有可能是另一种情况: 意外。死者意外摔倒，头部撞击茶几，导致死亡。经验告诉他，所谓的意外很大概率都不是单纯的意外。

这一连串的问题在崔寒的脑海中一闪而过。他又拿出第一张照片，仔细看了看。茶几上除了有一滩血迹之外，还摆放着两个八棱形玻璃杯和两个烟灰缸。其中一个玻璃杯倒在茶几上，可能是死者撞击茶几时，剧烈的震动将它振倒了。

崔寒又看了第二张照片。在茶几的斜对面有一个柜子，柜子上面放着两个小玻璃瓶。

"这两个小瓶里装的是什么？"崔寒指着照片，抬头问顾峻峰。

"你的眼睛真尖，一下子就看到了关键。"顾峻峰说，"是丙戊酸钠。"

"丙戊酸钠？"崔寒有些疑惑。

"是的。"赵冰彤说，"来这里的路上，我们接到了化验室打来的电话，他们对瓶中的药品进行了分析，主要成分都是丙戊酸钠，一种抗躁郁类药物。"

"嗯……"崔寒点了点头，"死者患有狂躁症。在狂躁症发作的时候，他想去拿药，可是不小心摔倒了，头撞在了茶几上。"

"你的分析很有道理。"顾峻峰说，"按你的说法，徐仲伟是死于意外了？"

"现在下结论还太早。"说着，崔寒又仔细看了另外几张照片，试图从中找到别的线索。

"这么说，你找到其他证据了？"顾峻峰说。

"暂时还没有。"崔寒放下手中的照片，"结果不是没出来吗？"

"你是说尸检报告？"

"是的。"崔寒点了点头，"照片不能说明所有问题。我需要到现场进行复查。"

照片还原出来的案发现场只是局部，它呈现出的画面带有主观性——其中夹杂着拍照者的主观意愿。

"好，我明天联系你。"说罢，顾峻峰带着齐帅和赵冰彤朝门口走去。

顾峻峰走出门口后，突然从门缝中探进头来，叮嘱崔寒："记得吃晚饭哦。"

午夜过后，屋外格外寂静。崔寒坐在书桌前整理案件档案。

他想起顾峻峰说起的这件案件。除了他杀和意外死亡，会不会还存在另外一种可能——自杀？如果在一个星期前，他一定会在第一时间排除这种可能性，但是现在，在接连遇到两件离奇的命案后，他不得不切换视角重新分析案情。

自杀是最极端的自我保护行为——当一个人受到某种强烈的刺激，而他又无力改变这种局面时，会做出两种选择：第一种就是自杀，即解脱；第二种是人格分裂，即保护本我不被刺激毁灭。当然，也不排除有些人的自杀是为了换取某种利益——金钱或者其他与生命同等价值的东西。

徐仲伟属于"自杀"这种情况吗？现在还无法断定。他记得照片中放在柜子上的两个小瓶子。这样的小玻璃瓶，他似乎在哪里看到过。到底在哪里呢？他开始仔细回忆这几天的经历的所有细节。终于，当他低下头看到自己的影子时，想起了在顺德小区内看到的一些场景——王浩宁的卧室里也有一个类似的小瓶子。不过，这两种瓶子的外形有些许不同。

显然，王浩宁与徐仲伟的死亡存在很多差异。首先，死者人数不同。前者是两人同时死亡，后者只有一名死者。其次，致死方式不同。前者是坠落——这与姜明的杀人方式相同，后者是撞击。再者，所患疾病不同。前者是抑郁症，后者是狂躁症。

是自己想多了吗？黑暗中，崔寒反复问自己。

可是，如果徐仲伟也有抑郁症，那情况就完全不同了。

第二天上午将近九点半，崔寒接到顾峻峰打来的电话。

"尸检结果出来了。"顾峻峰喘着气说，"真是心累。非得一直催着他们，搞得我一晚没睡。"

崔寒"哦"了一声，他不是不知道顾峻峰的辛苦，却不知怎么安慰他。

"你马上来警局一趟，有可能是个惊喜。"

"你是说……"

"没错，有新发现。"顾峻峰兴奋地说，"算了，你不用过来了。我们直接在案发现场见吧，我也想去现场再看看。"

电话那头传来一阵纸张翻动的声音，接着，顾峻峰说："我们在福悦小区门口见面。你记一下地址，沁园街187号。"

"沁园街……"崔寒自言自语，"好，我现在就过去。"

这个地方很耳熟，崔寒心想。就在几天前，他曾去过那里——位于沁园街329号的高峰户外器材店。原来，福悦小区就在那家器材店附近。

大约过了四十分钟，崔寒到达福悦小区，他看到顾峻峰的车已经停在那里了。

街道上满是行人，两侧的临时停车位已经被占满。崔寒只好将车停在较远一处地方，然后走到小区门口。

小区的大门很小，仅有一个道闸。当有车辆进出时，需要鸣喇叭，门卫才会升起道闸。道闸的旁边有一个一人宽的通道，供自行车和行人进出。

小区的住户不多，这里的保安大致记得每一位住户的脸。理所当然，崔寒被挡在门外。

"就你一个人？"崔寒的语气中带着些许疑虑，"赵冰彤和齐帅没跟来？"

"我来还不够吗？"顾峻峰说，"他们有别的任务。"

"尸检结果呢？"

"你总是喜欢开门见山，也不给人喘气的机会。"顾峻峰朝门口走去，"边走边聊吧。"

趁着顾峻峰与小区保安交谈的间隙，崔寒转过头四处看了看。从门口的中央草坪可以看出，小区的园林设计师还是有一定品味的。很多小区都会在正对大门的地方种植红叶女贞之类的小乔木或灌木，或是其他名贵植物，但这些植物很容易阻挡人的视线，视野受阻，会给人狭小、拥挤的感受。相反，草坪虽然廉价，却会让视野更加开阔。

"看什么呢？"顾峻峰从传达室出来，见崔寒正盯着某处看。

"没什么，能说说尸检结果吗？。"

顾峻峰放慢了脚步。"徐仲伟的头部虽然受到剧烈撞击，但这并不是真正的死因。"

"什么？"崔寒对这个结果有些意外，"真正的死因是什么？"

"是急性心肌梗死。"

"急性心肌梗死？"

"对。"顾峻峰解释说，"由于头部撞到了茶几上，导致心脏病发作。"

"哦。"崔寒点了点头，"原来如此。"

"你不觉得意外？"顾峻峰看着他，"我得到这个消息的时候可是非常震惊，你竟然没什么反应？"

"没什么好吃惊的。徐仲伟原本就有狂躁症，心脏功能不好很正常。不过，尸检报告里有没有提到他的血液中含有什么药物成分？"

"有。"

"什么？"

"就是放在柜子上的小瓶子里的那种药物，叫什么……"顾峻峰摸了摸自己的后脑勺，"对，丙戊酸钠。"

"没有抗抑郁类药物吗？"崔寒的眉头动了一下。

"没有。"

"你确定？"

"我只是记不清药物的化学名而已，有没有其他的药，我还是记得住的。你该不会怀疑我的记忆力吧？"

"我可没这么说。"

在乘坐电梯的时候，崔寒一言不发。最终，电梯停在八楼。崔寒跟在顾峻峰的身后来到801室门口。

"这就是徐仲伟的家。"说着，顾峻峰撕开警戒条，打开房门。

还未进门，崔寒就感受到一股强烈的震撼感，不是因为房间凌乱或者空洞，而是因为太过整齐——几乎每样物品都是成对出现。

房门的右侧是客厅。茶几摆在沙发的前方，上面摆放的物品与照片中的一模一样，就连位置也完全相同。茶几的位置有些偏移，显然是因为受到死者的撞击所致。

崔寒绕过了茶几，走到柜子前，这个位置正好与死者的头部相对。只不过柜子上的两个小瓶子不见了，想必是警方在搜证的时候带走了。

"现场有人动过吗？"崔寒问。

"我已经让大家把所有的物品保持原位，如无必要，尽量不要翻动。是有什么发现吗？"

"暂时还没有。"此时，崔寒已经查遍了整个客厅。

"你不用太紧张，"顾峻峰打趣说，"找不到线索也是正常。我们整队人昨天搜查了几个小时也没找到什么有价值的线索。"

崔寒没搭理顾峻峰，独自朝里面走去。

在经过卫生间门口的时候，崔寒扭过头，看到墙上挂着一面硕大的镜子。他不自觉地停住脚步，转过身，看着镜子里的自己。此时，一个熟悉的声音又在他的脑海里浮现：你想知道答案吗？很简单，我们只需要做一个交换。

崔寒盯着镜中人的眼睛。恍惚间，他仿佛看到这个人正对着他微笑。这个人不就是自己吗？这是怎么回事？

"你看什么呢？"顾峻峰朝他走来，"都什么时候了，你还有心思照镜子。"

崔寒深吸了一口气，转过身，继续朝前走去。

"我说，你最近是怎么了？总是神经兮兮的。"顾峻峰跟在崔寒的身后。

崔寒仍旧保持沉默，直接推开了卧室的门。正当顾峻峰也想迈步进去的时候，崔寒却退了回来，撞在他的身上。

"你怎么回事？出来也不说一声。"顾峻峰埋怨道。

"你是不是说漏了一件事？"崔寒看着他。

"什么事？"

"你没告诉我，徐仲伟还有个老婆。"

"我以为是什么事呢。"顾峻峰说，"我们也是才知道的，所以我让赵冰彤和齐帅他们去调查了。"

"有结果，记得告诉我一声。"

"你呢？"顾峻峰看了崔寒一眼，"你有什么发现？"

崔寒摇摇头，说："没有。"

"这种情况还真是少见啊。连你都找不到线索。"

"再等等吧。你不是说徐仲伟的老婆还没找到吗？"

"嗯，你放心，我也没有说急着结案。在没有充足证据的情况下，我怎么可能轻易结案？与本案有关的所有人员，我都会一一调查清楚。"

"好。剩下的事情就交给你们。"说着，崔寒转身走了出去。

整个下午，崔寒都在思考姜明和王浩宁的案子。所有的线索都指向一个可怕的结论：这两件命案中极有可能存在一个第三者，而他在这两起案子中都没有出现在案发现场。他之所以设计出如此复杂的案件，就是为了切断线索，让警察查不到自己。

首先，他一定是个心理高手，能够轻易窥探到隐藏在被害人内心深处的秘密，然后暗中将事件放大，刺激被害人，并通过催眠、暗示等心理手段，引导被害人行凶。最后，在他的暗示下，被害人会选择自杀，这样一来，线索就彻底中断了。

这个人到底是什么人？在哪里？崔寒至今没有一点儿头绪。

除此之外，崔寒心里还有一个疑问：这个人为什么要杀人？或者说，他为什么要借助别人之手杀人？

事实上，这些被害人都是这个人想杀的吗？答案显然是否定的。这两件案件都有两名死者，其中一名死者是另一名死者想杀的人，却不是这个人所要杀的对象。

因此，想要找到这个人，势必先解决一个疑问：他的杀人动机是什么？换句话说，他为什么要在现在杀人？难道他也像姜明和王浩宁一样受到了某种刺激？难道他也是受害者？

无数个疑问扑面而来，令崔寒头痛欲裂。他无法推测出"上帝"的身份，因为这有悖常理——什么人会对陌生人下杀手？他这么做的目的又是什么？

　　一个人会在什么时候想杀人呢？一定是对方对他造成了某种巨大的伤害，而这种伤害是无法弥补的。可问题是，这个人在现实中与死者没有任何联系。

　　当然，这个逻辑的存在前提是嫌疑人是一个具备正常逻辑思维的人。如果嫌疑人在受到某种刺激后丧失了理性，那么他极有可能做出一些不理智的事情来，正如姜明和王浩宁一样。

　　还有另外一种可能性，那就是转移伤害。当一个人受到另一个人的伤害，而他又没法进行报复的时候，他有可能会将伤害转移到第三者身上。

　　这一切纯粹只是假设，与案件有直接关系的四个重要人物都已经死亡。可以说，如果没有新的线索出现，"上帝"将永远不会现身。

　　此时，天色已经黯淡。透过窗户，仅能看到屋外的几棵大梧桐，其余的一切都被夜色笼罩着，连轮廓都让人分辨不清了。

　　崔寒本不想接顾峻峰的电话。对他来说，福悦小区发生的案件没有任何吸引力，他甚至可以预料到顾峻峰会说什么。

　　"我们调查了徐仲伟的老婆，以及跟他有关系的所有人。

你猜结果如何?"顾峻峰饶有兴致地卖着关子。

"没有收获。"崔寒的语气中没有任何拖泥带水的意味。

"你怎么知道?"顾峻峰没料到崔寒会如此直接地回答,但这似乎没有减弱他的兴致。

"猜的。"

"你猜得还真准,不过,有一件事情你一定猜不到。"

"什么?"

"你再想想。"

"我没有心思跟你打哑谜,你不说就算了。我挂电话了。"

就在崔寒将手机从耳边拿下,准备挂断的时候,顾峻峰说了一句:"我知道你对抑郁症很感兴趣。"

听到话筒中传来微弱而又熟悉的三个字时,崔寒再次将手机放到耳边。

顾峻峰继续说:"虽然我们没有在徐仲伟的尸体里检测到抗抑郁药物的成分,可他的老婆陈雪青却是重度抑郁症患者。"

"你说什么?"崔寒的瞳孔突然放大,"是真的?"

"还能有假?"

崔寒沉默了。对他来说,这个消息实在是太意外了——这个条件一旦加入,那就意味着,他之前对本案的所有设想都将被推翻。

在此之前,他习惯性地以为涉案的仅有徐仲伟一人,而现在，一个敏感的词汇突然牵动了他的全部神经。

"怎么不说话了？"顾峻峰问。

"哦，没什么。"崔寒吸了一口气，"你现在在哪里？"

"我在警局，怎么了？"

"有空吗？"

"嗯……有。"

"来我家一趟吧。"

"你又不是不知道，我去你那里有多不方便，来回得一个小时。算了，我明天去找你吧。"

"现在过来。"

"我说你这个人怎么这么不通情理，都这么大人了，性格还像个孩子。难怪这么多年都找不到一个女朋友。"

"来的时候把案发现场的照片带来。是所有的照片。"

"你不是已经去过现场了吗？还看什么照片？"

"带来就是。"说罢，崔寒直接挂了电话。

砰砰砰——

"寒哥，在家吗？开一下门，我们来了。"

"进来，门没锁。"崔寒应声回答，接着从卧室走到客厅。

顾峻峰的神态与往常判若两人。他没有直接走进去，只是站在门口，等崔寒走到他面前。齐帅则抢在赵冰彤前面，一屁股坐在客厅的沙发上。门旁仅留下崔寒和顾峻峰两个人。

"你究竟是怎么了?"顾峻峰小声问崔寒。

"不就是让你送照片吗?"崔寒一脸不屑地说。

"我说的不是照片。"顾峻峰说,"我认识你这么多年,从来没看过你现在这个样子。我不知道你在调查什么或者查到了什么,总之你的状态很不好。"

"怎么不好?"

"要是在以前,我想见你一面都得费很大的劲,可我们最近却频繁见面。"

"那怎么了?"

"你从来不会主动让我来你家,还有,你竟然没锁门。"

崔寒头也不回地说:"为了等你们来。"

"你要是遇到了什么事,一定要告诉我,我可不希望你出事。"

"没那么严重。"

"但愿是我多想了。"

"的确是你想多了。"

顾峻峰的话让他不得不重新审视自己,自己真的方寸大乱了吗?他不知道。然而,一个外人已经如此清晰地感受到,又该如何解释呢?他确实变了,他所在意的不再仅仅是证据,更多的是案件背后的故事;他开始在乎别人的感受,并试着关心别人;他开始运用各种手段,将自己与死者建立联系，站在死者的角度来分析案件。而这一系列的转变仅仅是在短短的一周内完成的。

一个人是很难摒弃自己的习惯的，无论是好的，还是不好的，因为人的习惯大多隐藏在潜意识中。他所能控制的，最终成了他的行为；他所不能控制的，最终成了他的习惯。可是，一个人在什么情况下会突然改变自己的习惯呢？

刺激。

对崔寒来说，他受到的刺激就是姜明和王浩宁的命案。这两桩命案彻底瓦解了他固有的思维，让他开始重新看待自己。正因为如此，他才会多次听到与自己对话的那个声音。

还有一种可能性，那就是暗示。人在接受暗示时，某些习惯性的心理活动或行为也会发生转变。

那么，让崔寒的习惯发生转变的，到底是刺激还是暗示呢？又或者，是刺激和暗示的联合作用？

他更愿意相信后者。刺激是肯定的。可暗示又是谁给予他的呢？他想起自己在天井村时，将琴姐的背影误以为是姜明的场景。他相信，自己当时已经受到了某种暗示。这种暗示更多来源于当时所处的环境以及心理状态。可如今，崔寒是在自己熟悉的环境里，很多自然因素都被排除了，剩下的只有人为因素。

"你怎么愣住了？"

当崔寒抬起头时，顾峻峰已经坐在了沙发上。

顾峻峰接着说："你想知道什么就问吧。"

崔寒一边缓缓地坐下，一边思考如何提问。"先说说徐仲伟的情况吧。"

"关于徐仲伟，我们已经调查得很清楚了。"赵冰彤说，"他原本做房地产生意，由于资金链中断，一年前破产，名下的所有财产都被银行没收。他现在居住的福悦小区的房子是登记在他老婆名下的。"

赵冰彤接着说："根据邻居的证词，徐仲伟搬到福悦小区后，性格就变得十分暴躁。邻居们经常听到他们夫妻吵架。后来，他老婆陈雪青就搬到外面去住了。"

"什么时候搬走的？"崔寒问。

"大概在案发的前一个星期。"

"嗯。继续。"

"徐仲伟的情况，大概就是这些。"

"徐仲伟是否跟别人有经济纠纷？"虽然崔寒觉得因为经济纠纷而导致命案的可能性极小，但他还是照例询问。

"有。"赵冰彤补充说，"他的确有债务在身，可我们认为这与本案没有直接关系。据邻居和小区保安所说，此前的确有几个人来找过他，但是案发的前几天，这些人没有在监控中出现。这些天徐仲伟也没有离开过小区。所以，基本可以排除他们的嫌疑。"

"陈雪青呢？"

"在他杀的前提下，陈雪青的嫌疑的确很大。她是死者的妻子，死者又死在了自己家中，现场没有任何人为破坏的痕迹。能做到这一切的，只有熟悉死者的人。而且，陈雪青与徐仲伟的关系并不好，时常争吵。她是具备作案动机的。不过，徐仲伟因为急性心肌梗死而意外猝死的概率大于前者。我们按例对陈雪青进行了调查。在案发当天，她去过现场，但离开的时候，有人还听到徐仲伟的声音，说明徐仲伟此时还是安然无恙的。在死者死亡的时间范围内，她已经离开福悦小区，有证据证明，她当时在数公里外的一个花店里。据此，我们可以排除她的嫌疑。所以，就只剩一种可能，那就是意外死亡。"

趁着赵冰彤喘气的间隙，顾峻峰说："大概情况就是这些。我们还是决定按照原来的方案执行。"

崔寒明白顾峻峰的意思。就目前的证据来看，意外死亡是一个合情合理的判决结果。但是，当中的一个细节让他产生了狐疑。顾峻峰在电话里说，陈雪青患有抑郁症。这是巧合吗？

崔寒大胆地猜测：

如果不是巧合，那么这件案件与前两件案件存在联系吗？如果存在联系，那么是不是意味着，还会有新的被害者出现，这个人是陈雪青吗？如果"上帝"真的存在，按照"上帝"的行事风格，他会让一个有可能暴露自己行踪的人活在这个世界上吗?

　　无论如何,陈雪青作为一个符合条件的幸存者,她的身上或许存在着某些秘密。

　　也许,她将是案件的突破口。

　　"你说陈雪青患有抑郁症?"崔寒看了顾峻峰一眼。

　　"是的。"顾峻峰说,"她自己交代的。"

　　"她竟然会主动说这些?"

　　"你的嗅觉还是一样的敏锐。"

　　"有转折?"

　　"嗯,陈雪青非常配合我们的工作。她跟徐仲伟的确是暂时分居,但她还是很关心对方。她说,她有严重的抑郁症,有时也不知道自己在做什么、做了什么。当她得知徐仲伟的死讯时,她曾一度怀疑这件事跟她有关。她不记得自己从福悦小区出来前做过什么事。"

　　"什么原因?"

　　"她说不清。她只说,可能是她气晕了,也可能纯粹就是想不起来。这种情况发生过多次。"

　　"嗯。继续。"

　　"邻居的证词解除了她身上的嫌疑。在交谈过程中,我可以感觉到,她是一个非常传统的女人——我不是说传统不好。我觉得,她杀人的可能性很小。这纯粹是我个人的想法,与案件无关。这种女人我见过。"顾峻峰挑了挑眉,

"就是我的大学辅导员。她的老公在外面有了别的女人，有时还对她进行家暴。每次我劝她，让她收集证据，把那个男人告上法庭，她总是无动无衷。劝的次数多了，她就说，孩子还小。其实，这只不过是托辞，真正的原因是她的思想太传统了，认为男人就是天，无论对方犯了什么错，自己都只能原谅他。陈雪青就是这样的女人，这一点从她接受调查时的态度就可以看出来。你想想，这样的女人怎么可能会杀害自己的老公呢？"

崔寒诧异地看着顾峻峰。他们认识这么多年，他还是第一次见顾峻峰说出如此感性的话。这些话的确不应该从一个具备多年办案经验的警察口中说出来。

崔寒不想多说什么，只是说："能帮我联系陈雪青吗？"

"这……"赵冰彤略带迟疑地看着顾峻峰。

还未等顾峻峰开口，齐帅抢先回答："当然没问题，我知道她的地址。我找找发给你。"

"行吧。"顾峻峰说，"你可以以特别侦探的身份去拜访她，如果她身上有你想知道的事情。"

"好。"崔寒转过头问齐帅，"陈雪青的住址是什么？"

"寒哥，"齐帅一边翻看手机，一边说："在北宁路1824号的1301室。"

"北宁路……"崔寒默念了两遍，"这条路是不是离沁园街很近？"

"是啊。"齐帅说，"就在沁园街的隔壁。寒哥，你的记性真好。"

崔寒若有所思地点了点头，"对了，照片带来了吗？"

"照片全部在这里。"说着，赵冰彤从公文包里拿出一叠照片，递给崔寒。

前六张照片，崔寒已经看过了。当他看到第七张照片时，却突然愣住了。

"这是徐仲伟的老婆陈雪青。"赵冰彤解释说。

崔寒看着这张脸，出了神。记忆里，他似乎在哪里看到过这张脸。在哪里呢？为什么他会对这么一张普通的脸有如此深刻的印象？

这张脸似乎还缺少点什么。

他想起来了。11 月 19 日，他见过这张脸。就在三天前的下午，他从高峰户外器材店出来的时候，一个女人撞上了他。她正是照片上的女人。只不过，当时她的脸颊上还有两道明显的泪痕。

"怎么了？"顾峻峰见崔寒神色凝重。

"我见过她。"崔寒回答。

他终于明白为什么当自己听到"北宁路"时，会在第一时间联想到沁园街。那是因为，在这条路上，他遇到了某些让他印象深刻的事情。也许当时他并不在意，可这些画面早已融入了他的潜意识。只要提到任何与它有细微联系的事情，脑海里就会立刻浮现出相关的画面。

"哦?"顾峻峰用一种带着疑惑和戏谑的语气说，"真奇怪，你竟然会记得一个女人?"

崔寒不想解释，继续看照片。接下来的四张是与徐仲伟有金钱瓜葛的嫌疑人的照片。他确定自己没见过这几张面孔，看到他们时，他没有产生像之前那样强烈的感应。他又拿起前六张照片，仔细查看上面的每一个细节。

在此之前，他认为照片带有一定的主观性。但是，如果在客观环境下找不到有用的线索，不妨再留心一下这些带有主观因素的信息。每个人对信息进行筛选的角度和层次都不同，也许自己不在意的细节正是别人关注的重点。只可惜崔寒查遍了照片里的所有细节，也没有发现任何有价值的信息。

"还有吗?"崔寒问。

"没有了。"赵冰彤摇了摇头，"就这些了。"

"好吧。"崔寒叹了一口气。

他再次抬起头时，却发现齐帅的脸色有些异样——他不时地抿嘴，眼神中也略带迟疑。

"你怎么了?"崔寒问。

坐在旁边的两个人也一齐看向齐帅。这下，他显得更紧张了，就连说话都变得支支吾吾起来："我……我……寒哥，你不是要照片吗?"

"是的。"

"什么照片都要吗?"

"对。只要跟现场有关的照片都要。"

"我这里倒是有几张。"

"你知道自己在做什么吗?"赵冰彤提高了语调,"你怎么能在案发现场胡乱拍照?"

"又不是拍什么重要的东西?"齐帅委屈地反驳说。

"那你……"

"我……"齐帅将手伸向自己的后脑勺,"我就是自拍一下,我……"

"给我看看。"崔寒打断了齐帅的话。

"我一会儿发给你吧,待会儿你再慢慢看。现在看的话,我有点不好意思。"

"好吧。你回去之后发我邮箱。"

"啊?现在都什么年代了,还用邮箱?有没有别的,寒哥?"

"你寒哥能给你邮箱就不错了,知足吧。我混到这份上,也就要到了个电话号码。"顾峻峰半开玩笑地说。

"是吗?那真是太好了。寒哥,我回家后就给你发过来。"

"嗯。"

离开时,顾峻峰又问了崔寒一句:"你真的没事?"

"没事。如果有事,我会联系你的。"

"得了吧。你什么时候联系过我？要不是我找你，你就算从这个世界上消失了，也不会有人知道。你这臭毛病得改改。"

第九章

存活的人

他之所以说出一个错误又冗长的答案，是想用当中的某个词语或细节刺激到陈雪青，激发她的潜意识。可事实证明，他的策略并没有起到理想的效果。

　　第二天清晨，天气阴沉。天空中弥漫着一层薄雾，所有的建筑物在迷雾的笼罩下变得神秘而飘忽，那些隐藏在人心中的黑暗也在这个时候慢慢滋生。

　　七点之后，太阳才从市区大厦顶部升起。阳光将雾气驱散，一切重新变得清晰起来。

　　将近十点的时候，崔寒到达北宁路。北宁路与沁园街一样，同属市区的主要街道。道路的两侧是耸立的高楼，底下两层均是商店，往上的几层大多是餐厅或者酒店，再往上，才是居民住房。

　　崔寒很快就找到北宁路1824号，但没有找到入口，因为底层是一家大型超市，紧挨着的分别是烟酒商店和日式料理餐厅。

　　最终他从一个拖着小型推车的阿姨口中得知，需要继续往前走二三十米，拐入一条过道，再往后走相同距离的路程才能看到楼道。

　　由于街道上停放的车辆过多，他很难找到一个临时停车位，只得开着车缓缓前行，趁机找到一个车位停了进去。下了车，崔寒沿着人行道一直往后走。大概在经过四五个店面后，他看到左侧有一条过道。过道并不宽，仅能容许一辆轿车出入。可想而知，在这样一个寸土寸金的地方，那些老谋深算的地产商怎么可能允许更多的地方闲置着。

进入过道后，崔寒看到的景象与刚才完全不同。外面是临街的商铺，每个店员都尽量保持笑容，应对着过往的客人；里面则是一个破落的城中村，黑色的瓦片，黑色的墙壁，就连路也是黑色的。这种强烈的反差让他一时间难以适应，就像第一次走进姜明家的感觉一样。

崔寒向右拐入一条小道，继续向前走去，直到到达单元楼的入口。眼前的一幢幢高楼像是一只只张开了血盆大口的怪兽，安静地等待着猎物自投罗网。崔寒又走了二三十米后，终于找到了1824号的入口。

砰——砰砰——

"哪位？"

门内传来一个女人清脆的声音。紧接着，是一阵脚步声。

快到门口时，女人又问了一句："哪位？"

大概过了几秒，她又说："你是谁？我不认识你。"显然，对方通过猫眼看到了这个站在门口的陌生男人。

"哦，我是侦探。"崔寒说，"想找你了解一些情况。"

"侦探？"女人沉默了几秒钟，"你等等。"

"咔哒"一声，门锁被打开了，一个三十五六岁的中年女人出现在崔寒面前。她穿着一套浅灰色家居服和一双带绒的拖鞋,脸色有些暗沉,神情恍惚,双目无神。见有人来后,她强打起精神,勉强挤出了一个微笑。

"你是陈雪青吧?"崔寒注视着她的脸。

"对。"陈雪青点了点头,"你找我有事吗?"

"你不用太紧张,我只是想了解一些情况。"

"昨天警察已经找过我了,我不知道还能交代什么。"

"也许吧。"

"先进来,别在门口说话。"说着,陈雪青将门推开,"你怎么称呼呢?"

"崔寒。"

"崔先生,你先到客厅坐一会儿吧,我去泡杯茶。"

崔寒坐在一张椅子上,趁着等待的间隙,打量了一下四周。这是一个两居室,进门后是客厅,右侧是厨房和卫生间,左侧是两间卧室。客厅非常整洁,简易的椅子和茶几让房间看起来多了些温情。

但汽车的喇叭声、轮胎与地面的摩擦声以及各种人为制造的噪音不时地从窗外传来。所以,这里很难保持绝对的安静,即便离地面已经将近四十米高。直到陈雪青走进卫生间,将窗户扣紧,室内才安静了一些。

"不好意思,外面有点吵。我平常都是不开窗户的,刚刚打扫了一下卫生间,所以打开窗户通通风。"陈雪青向崔寒道歉。然后把两杯热茶放在茶几上，"我这里只有普洱，不知道喝得惯吗？"

崔寒抿了一小口，点了点头，"很好。"

"是不是仲伟的案子有了新进展？"陈雪青放下手中的茶杯，看着崔寒。

"也不是。"

"那你来……"

"我就是例行公事，你别多想。"

"嗯。"陈雪青端起茶杯，喝了一小口，"有什么想问的就问吧，我一定知无不言。"

崔寒左右看了一眼。"你没住福悦小区？"

"是，嗯……也不是。"陈雪青摇了摇头，"我刚搬到这里不久。"

"你为什么会跟徐仲伟分居？"

"他精神状态不太好，可能你也知道。他发起疯来六亲不认，我实在受不了了，只能先搬出来。"

"你是做什么工作的？"崔寒见陈雪青举止文雅，心里好奇。

"哦，我以前是小学语文教师，有段时间没工作了。为了生计，现在只好重操旧业，在附近的一家课外培训机构做作文老师。"

"能说说你跟徐仲伟的关系吗？"

"这跟案件有关吗？"

"是的，我们必须尽可能多地了解情况。"

陈雪青的眉毛微微皱了起来，表情有些凝重。显然，她很抵触这种提问方式。不过，没过多久，她的面部神情就舒展开了。"反正也没什么不能说的。你想知道，告诉你也无妨。"

她继续说："六年前，我在西泰二小教书，徐仲伟当时是一家房地产公司的老板。我们是在朋友的介绍认识的，认识没多久就结了婚。大家都不理解，为什么我一个这么传统的姑娘会选择闪婚？我当时已经三十岁了，你知道三十岁对一个女人来说意味着什么吗？"

崔寒摇了摇头。

陈雪青说："三十岁就是一道分水岭。三十岁之前的女人很想结婚，做梦都想，可一旦过了三十岁，她就没这个想法了。就算遇到了所谓的真爱，她也没有那么想了，因为太晚了。我不想让自己陷入这样的境地，况且当时的徐仲伟也没那么讨厌，索性就嫁给他了。结婚前三年，我们过得还是挺幸福的。可是三年之后，我们之间就渐渐出现了隔阂。最主要的一个原因是，我没能给徐家生一个孩子。他也难办，一边是养育了自己几十年的父母，一边是自己的老婆，无论偏袒哪一方，都会受到另一方的指责。他干脆选择不作为，只要双方不做出出格的事来，他就不发声。

"我这辈子做过最叛逆，也是最正确的一件事情，就是坚持从公婆家里搬了出来。"陈雪青叹了一口气，"我真是受够了。可能他也觉得自己夹在中间实在不好受，就默许了我的决定。后来我们在新洋小区买了一套一百二十多平米的公寓，在那里住了两年。

"我不奢求能回到以前的生活状态，只希望过安稳日子。可出乎意料的是，一年前，仲伟的生意一落千丈，公司面临倒闭。无奈之下，我们只好把房子抵押出去，偿还了债务。之后，我用自己的存款在福悦小区买了一套六十多平米的二手房。那是最困难的一年，我从来没有觉得一年的时间会这么漫长。也是在那一年，我因为精神恍惚，在课堂上出了教学事故，被学校开除了。他的精神状态也不好。我想，这应该是他这辈子受到过的最大打击。他成天把自己关在家里，不离开家门一步。他害怕所有人的目光，一旦有人看他，他就觉得对方是在嘲笑他。后来，他开始酗酒，每次一喝醉都会发酒疯，把家里弄得一塌糊涂。有一次，他喝醉后，抓着我的头发，把我按倒在地，朝我的大腿狠狠地踢了两脚，导致我很长一段时间里只要一上台阶腿部就隐隐作痛。"

崔寒看着陈雪青的眼睛，他没想到她居然能如此平静地讲述着自己不幸的过往。

"你是因为这个原因才搬出去的吗?"崔寒问。

"那段时间，我的压力太大了。"陈雪青说，"我也不想，可我实在是走投无路了。"

"你恨徐仲伟吗？"

即便警方已经排除了陈雪青的嫌疑，但是他的本能告诉自己，必须亲口听到对方的答案。

"一开始我是恨他的，倒不是因为他生意失败。谁都有运气不好的时候，就像海明威在《老人与海》里写的：任何人都有抓不到鱼的时候。我恨的是他因为生意失败而变得自暴自弃，甚至把情绪发泄到别人身上。不过，我后来也想明白了。"陈雪青喝了一口茶，"我完全可以理解。后来，经常有债主上门要债，我们两个人都没有收入，他的压力很大，我慢慢地也就没那么恨他了。"

"可你还是搬出来了。"

"是的。我是受不了了。"

"听说你曾怀疑自己与徐仲伟的死有关？能具体说明一下吗？"

陈雪青的手指微微跳动了一下。"我是有这方面的担忧。至于具体内容，我实在记不得了。"

"你是因为记不清楚才怀疑自己，还是你发现了其他的征兆或者线索？"

"是记不清楚。"

"你经常出现这种情况吗？"

"也不是。"陈雪青摇摇头，"大概从十几天前开始。不知怎么的，我就会记不起一些事情。"

"以前出现过这种情况吗?"

"没有。"

崔寒皱起了眉头。"这段时间，你是不是遇到了什么特殊的事情?"

"这……"陈雪青思索着，"我有点儿想不起来了，时间太久了。可我觉得应该没有发生什么大事，否则，我也不会完全没有印象。"

"你还记得，第一次出现这种情况是在什么地方吗?"

陈雪青闭上双眼，努力回想。"应该是在福悦小区，我不记得自己干了什么，只记得自己从小区门口走出来，还跟门口的大爷聊了几句。"

"你是在什么时候搬离福悦小区的?"

"也是在那段时间。很快，我就找了中介，租下了这套房子。"

"第二次出现这种情况是在哪里?"

"应该也是在福悦小区。"

"你去那里做什么?"

"我准备回去拿些衣服，可期间发生的事情我一点儿也想不起来。我只记得，我连衣服也没拿，就离开那里了。"

"第三次呢?"

"是在 11 月 19 日的下午。我从福悦小区大门出来后，就不记得之前发生的事了。"

"这一次，你记得很清楚。"

"是的。"

"你还记得，你为什么要去那里吗？"

"我准备去看看他。"

"徐仲伟？"

"是的。我有点儿不放心。"

"你因为忍受不了他，才从家里搬出来，怎么这么快又开始关心他？"话音未落，崔寒就觉得自己的话太唐突。他又补充了一句："你到那里之后，发生了什么事？"

"我记不清了。"陈雪青摁住自己的太阳穴，扭曲的面部表情在不断地提醒崔寒，她现在很痛苦。

"你能记起多少，就说多少。"

"我记得……我那天不上班，下午四点左右的时候我就去了福悦小区。我坐电梯上去后，从包里拿出钥匙打开房门。房间很乱，后来我好像跟仲伟发生了争执。"

"你说，你进去的时候，看到房间是乱的？"

"是的。"

"你确定没记错？"

"我也不太肯定。"陈雪青再次将手按在太阳穴上。

"警察到达案发现场时，那里却非常整洁。"崔寒一脸狐疑地看着陈雪青。

"哦，你可能不知道。"陈雪青平静地说着，似乎已经对这种巨大的反差司空见惯，"他经常这样。他有狂躁症，发起疯来就会乱摔东西，把家里弄得一团糟。他吃药后就没事了。然后，他会把房间收拾干净，将所有的东西摆放整齐。"

"嗯。"崔寒点了点头，"第四次呢？"

"没了。"陈雪青摇摇头，"就三次。"

"你当天从福悦小区出来后，就再没出现过类似短暂失忆的情况？"

"是的。"

崔寒陷入了沉思：

被陈雪青遗忘的那些时间里，到底发生了什么？就目前的情况而言，陈雪青的每一次短暂失忆都与福悦小区有关，而与之有密切关系的人就是徐仲伟。一旦她离开福悦小区，这种情况就消失了。

同样奇怪的是，她的这种症状是最近才出现的。在此之前，她从未有过这样的经历。这又该怎么解释呢？

"不好喝吗？"陈雪青看着他。

"哦，不是。"崔寒抿了一口，放下茶杯，"你患有抑郁症？"

"对。"陈雪青毫不避讳地说。

"现在怎么样了？"

"好多了。我吃了药之后，好多了。"

"的确。离开那里，对你的病情很有帮助。"

"为什么？"陈雪青诧异地看着他。

"我的意思是，远离烦心的地方会让自己的心情变得舒畅些。"

"你说得很有道理。"陈雪青点点头，"你是觉得我的抑郁症跟仲伟有关？"

"难道不是吗？"

"不是。"陈雪青郑重地摇头，"虽然那段时间他把我的生活弄得一团糟，可不管怎么说，我们也是一家人，我不会因为这件事情责怪他。"

作为一个独居生活的人，崔寒很难体会这种复杂的情感：因为某些事情而怨恨对方，又因为某些事情感念对方，而更多的时候，是处于这两种情绪之间。

陈雪青继续说："或者，更准确地说，这件事跟我的病情有一些关系，但不是主因。"

按照这个逻辑，崔寒对陈雪青的所有假设将被彻底推翻，他不得不重新审视这个人。这也是给自己的一个教训，他不应该在完全不了解对方的情况下就产生一种先入为主的观念。

"那是什么原因？"崔寒迫不及待地问。一方面，他的确有些好奇；另一方面，他想知道自己与真相到底还差多远。

"我做了一个梦。"陈雪青仍旧不紧不慢地说。

"一个梦?"

"确切地说,是我一直在做一个梦。"

"同一个梦?"

"是的。这个梦已经困扰我很多年,以前每隔几个月就会出现一次,现在出现的频率变高了,有时候每个星期都会做一次,甚至接连几天都会做。"

"梦跟压力有关。"

"是吧,最近的确压力很大。"

"你做了什么梦?"

"这也跟仲伟的案子有关?"

梦是潜意识的产物,又与现实世界存在着微妙的联系。一直做同一个梦,这本身就是一件不可思议的事情。更奇怪的是,这个梦出现的频率还这么高。

在陈雪青身边或许存在着与这个梦有关的某种因素,而这种因素正在不断刺激着她。是压力? 是一件东西? 还是一个人?

陈雪青看了一眼手表,站起来,将崔寒面前的茶杯收走。"茶凉了,我去换一杯吧。"

"不用麻烦。"

"不麻烦。"说罢,她转身走向厨房。

不一会儿,她端出两杯热茶,将其中的一杯移到崔寒面前，说："你要真想知道，我就说说吧。"

在这短短的几分钟时间里，她的情绪发生了巨大的转变。在崔寒提出要求时，她没有当场做出答复，反而借机抽身离开。这是一种逃避——或许连她自己都没意识到。当她从厨房回来时，她的神情明显放松了许多，看来她已经做好准备了。

"这个梦是这样的。"陈雪青继续说，"有一天下午，我坐在公园的一棵大香樟树下，树叶的暗香弥漫，远处绵延的山峰支撑着即将落下的夕阳。夕阳的最后一缕光线照射在我的脸上，我感觉无比温暖……然而，夕阳终究还是敌不过流逝的时间，逐渐隐退在山的那一头。光线涣散了，脚下的草地也渐渐黯淡下去。

"就在不经意间，四周的人群都消散了，偌大的公园只剩下我一个人。夜幕降临，四下没有任何光亮，仅有一轮残月斜挂在夜空中。我想离开这个地方，我想找到人群，我不想一个人待着。可是，不管我朝哪个方向走，都无法走出这个公园，仿佛公园的边缘直达天际。我奔跑着，仅靠着微弱的月光来辨别方向。我的心恐慌到了极点，不断地呼喊着爸爸、妈妈的名字，但永远得不到任何回应。我太累了，脚已经快迈不开步子，很多次，我都被凸起的石头绊倒，但我还是爬起来，艰难地向前跑。

"这时，我觉得有个男人一直不紧不慢地跟在我身后，我跑时，他就跟在后面跑；我停下时，他也停下来。我不知道这个人是谁，也不敢回头看他，只能一个劲儿地往前跑。终于，我停了下来，因为实在跑不动了。

"我发现了之前那棵大香樟树。我躲到树的后面，探出头，想要看清一直跟着我的那个人是谁。可当我回头看时，什么都没看到，没有声音，没有人影，只有一条狭窄幽长的小路一直通往公园的尽头。

"我终于松了一口气，但又不敢大声喘气，深怕再把那个人引回来。可当我回过头的时候，我简直要吓晕过去：那个人就站在我后面，一件黑色的斗篷将他的全身都罩住了，我看不清他的脸。

"我想呼救，可我的喉咙似乎被什么东西卡住了，发不出任何声音。那个人渐渐地向我靠近，我无处可退，我的后背已经贴在了树干上。

"他在我面前停住了，然后蹲下，一张黑到什么都看不出的脸一直向我凑近，几乎就要贴在我的鼻尖上了。我感觉到一股前所未有的黑暗袭来，想要把我吞噬。救命……救命……我的内心在无力地呼喊着……"

崔寒听着陈雪青的叙述，一时间无法做出任何回答。这个梦所包含的信息太多：公园、香樟树、夜晚、路灯、小道以及那个穿着黑色斗篷的看不清脸的人……

"之后呢？"崔寒问，"那个男人做了什么吗？"

"我不知道。"陈雪青说，"后面的事情，我就不知道了。"

"你有没有与这个梦有关的记忆呢？"

"什么意思？"

"比如，你小时候去过某个公园，那个公园里正好有一棵香樟树。你在那里玩过了头，直至夜幕降临。这时候，公园的路灯恰巧坏了，或者因为线路整修而没有按时亮起。你可能第一次去这个公园，对周围的一切都不熟悉。你走在一条陌生的小路上，不知道这条路通向何方。在摸索前行中，你被地上凸起的石头绊倒了。你爬起来继续向前走。此时，你遇到了一个恰巧从那里经过的男人。由于光线太暗，你根本无法看清那个男人的脸。你以为那个男人会对你造成伤害，所以一直向前跑，想摆脱他，最终却绕回到了最开始的地方。也许那个男人只是一个普通的公园管理员。"

"我记不起来了。"陈雪青一直摇头，"我真的记不起来了。"

说罢，她端起茶杯，喝了一大口，情绪才慢慢平复下来。她看了一眼手表，"不好意思，崔先生。我下午约了心理医生，现在得出发了。如果你不介意，可以一起去楼下吃个饭。"

"哦，不必麻烦了，我中午还得回去。"崔寒站起来。

"好吧，那就请便吧。"陈雪青伸出手将放置在崔寒面前的杯子收回。

就在这个时候，崔寒看到了令人毛骨悚然的一幕——

陈雪青的右手背上竟然有一个红点。

"这是怎么回事?"崔寒指着陈雪青的手背,"你打过针?"

他屏住呼吸,等待着她的回答。

"哦,是啊。"陈雪青缩回手,莞尔一笑,"做心理治疗的时候,医生打的,她说有助于催眠。"

崔寒突然睁大了眼睛,"催眠药物以口服为主,你的医生怎么会采用注射的方式?"

"我也问过同样的问题,她说这样更见效,只要控制好药量就没有任何问题。"

"医生给你注射的是异戊巴比妥吗?"

"好像是这个,具体名字我记不清了,我只在单据上看过一眼。"

眼前的这个人跟自己总结出的加害人形象几乎重叠——他们都具备三个特征:在案发前几天都经历了性格上的巨大转变、都有抑郁症病史、右手背上都有一个红点——疑似被注射过辅助催眠的药物。

然而,陈雪青的身上却有两个重大的疑点:第一,她为什么没有死? 第二,她并没有憎恨徐仲伟到非要杀他不可的地步。

崔寒深吸了一口气,好让自己保持冷静。

"看来,你的心理医生医术很高。"崔寒慢慢吐出了几个字。

"是啊。我现在已经能够坦然面对那个梦了。上次治疗的时候，她说我很快就能康复了。"

"那位医生叫什么?"

"我每次都叫她谢医生，不知道她叫什么名字。"

"谢医生，谢医生……"崔寒默念了几遍，"能告诉我她的地址吗?"

"你也要去找她?"陈雪青有些疑惑。

"不是。"崔寒解释说，"我身边也有一些患有这类心理疾病的人。他们有需要的话，我可以介绍给他们。"

"嗯。"

"她的办公室在什么地方?"

"我没记住门牌号，只知道在市图书馆对面。离这里不是很远。"

"谢谢。"

"客气了。你有什么问题，尽管来这里找我。我上午一般都在家，下午才去工作。"

直至回到车上，崔寒的思绪还沉浸在陈雪青的话里。现在，他几乎可以断定，陈雪青跟之前发生的两件案件有着莫大的联系。

这个前提一旦成立，他必须重新考虑陈雪青跟徐仲伟的关系以及徐仲伟死亡背后的真相。

另外让他困扰的，还有她的梦。

这个梦的象征性太明显了，它到底是什么意思？虽然在陈雪青家里，崔寒已经做了一次解读，但他知道自己所描述的情形并不准确。他之所以说出一个错误又冗长的答案，是想用当中的某个词语或细节刺激到陈雪青，激发她的潜意识。可事实证明，他的策略并没有起到理想的效果。他离问题的核心还差得很远。

崔寒再次陷入迷茫之中。

在经过沁园街时，崔寒将车停在福悦小区门口，他想再进去看看。

第十章

陌生女人

　　他忽然意识到，案件的序幕才刚刚拉开，当所有的配角完成了自己的使命后，主角这才粉墨登场。

"你等一下。"

一个穿着制服的保安拦住崔寒，"你先登记一下。外人进入小区，都要登记。"

"好。"

"我见过你。"保安说，"你昨天跟一位警官来过。"

"是的。你这里有小区的监控录像吗？"

"有。不过几处摄像头都坏了，目前只有大门一处是好的。"

"没关系。能给我拷一份吗？"

"这……"保安面露难色，过了一会儿，又笑笑说，"一般我们是不外泄的。你也知道，录像可能涉及业主的隐私。不过，你昨天是跟警官一起来的，肯定有公干。这样吧，我先请示一下我们队长。稍等。"

随即，保安拿起办公桌上的电话，将基本情况跟电话里的人汇报了一遍。半分钟过后，保安转过身对崔寒说："我们队长同意了，录像我可以拷给你。你现在就要吗？"

"对。"

"你如果有事情，可以先去忙。拷贝录像需要一些时间。"

"哦，也行。你这里有 U 盘吗？能借我用一下吗？"

"有，我帮你找个内存大点儿的。"

"谢谢。我待会儿再来找你拿。"

崔寒凭着记忆找到徐仲伟家那栋楼。这一次，他没有坐电梯上楼，而是从消防楼梯走上去。

对一个人而言，越是独处的时候，越能暴露他的本性；对一栋楼房而言，越是人迹罕至的地方，越有可能发现线索。一是嫌疑人容易放松警惕；二是线索不容易被破坏。

只可惜，崔寒从一楼爬到八楼都没发现任何有价值的信息。他开始后悔自己为什么没有坐电梯，当他到达徐仲伟家门口时，已经累得气喘吁吁。

"你找谁？"一个头发花白的老大爷站在崔寒的身后。

崔寒被吓了一跳。

当他转过身来的时候，老大爷又说了一句："我没见过你。"

崔寒打量了一下对方。他忽然意识到，由于自己太过疲惫，连刚才电梯打开时的"叮咚"声都没有听见。

"你是？"崔寒反问对方。

"我住这里。"老大爷伸出胳膊，指了一下左侧的一扇门，门牌号上写着"802"。他是徐仲伟的邻居。

"是你报的案吗？"

　　"这……"老大爷一时不知该如何回答，"是我的老伴报的警。"

　　"她在家吗？"

　　"在的。"老大爷再次指了一下房门，示意对方就在家中。

　　"我能见见她吗？"

　　老大爷走到自家门前，转身说："你还没说你是什么人。"

　　这时，门一下子被拉开，一个女人的声音从门缝中传出来："你在跟谁说话呢？"

　　当她看到崔寒时，停下脚步，问："你是谁呀？"

　　"我是侦探，崔寒。"

　　"侦探？哦……"女人恍然大悟，"警察已经来过了，你有什么事吗？"

　　"是你报的警？"

　　"是啊。我跟你说啊，小伙子，我们这一带，所有事情都逃不过我的眼睛。"她抬了抬双眉，"别看我的眼睛小，眼神可错不了。你要办案，找我就算找对人了。话说回来，你能找到我，说明你的眼神也很犀利啊。哈哈……"

　　她自顾自地笑起来。

　　"先进屋，进屋……我跟你好好讲讲整个过程。"说着，她转身对老大爷说："你先去里屋躺会儿，吃饭的时候我再叫你。"

　　而后，她又轻声对崔寒说："你别管那个老头子，他脾气怪。"

老大爷缓缓地走进房间，客厅里只留下崔寒和这个年过六旬的老妇人。她客气地让崔寒坐在沙发上，给他沏了茶，还问他肚子饿不饿，要不要一起吃饭，但都被崔寒婉言谢绝了。

"你怎么称呼？"崔寒问。

"哦，你看看我，光顾着说话了。你叫我莉姐就行了，显年轻。楼里的邻居都这么叫我。"

"你为什么会报警呢？那个时候，你应该不会看到徐仲伟的尸体，怎么就确定他已经死了？"

"这你就不知道了吧。"莉姐一脸得意地说，"他差不多每天下午五点到六点之间都会出来一趟。其实，他前一天没出来的时候，我就开始怀疑了。到了第二天，我又没看见他出来，就报警了。"

"你每天都会看到徐仲伟出来？"

"也不是，我可没那么得闲。这种老小区，隔音很不好。隔壁动静稍微大点儿，我在客厅就能听到。我的耳朵，"莉姐指了一下自己的耳朵，"可灵着呢。"

"你有没有听到11月19日，也就是四天前的下午，陈雪青离开时的关门声？"

"雪青有没有来，我不知道，我没看到她。关门声的话……"莉姐用大拇指和食指来回摩挲着茶杯，"我想想……"

大概过了半分钟，莉姐激动地说："我想起来了。我确实听到了。好大一阵关门声，比平常的声音都要大。我还听见徐仲伟的声音，好像在骂人。"

"只有他一个人的声音吗？"

"对，我没听见有其他人。"

"后来呢？"

"我也没多想。他们夫妻经常吵架的，很正常。你等等……"莉姐的眼珠向左上方转了一下，"我好像记起来了。大概在那天晚上七点半，我又听到了一阵关门声，这次的声音倒是很轻。"

"你确定是在七点半？"

"当然。我刚清理完厨房，拖了地，正坐在客厅里看电视，那部电视剧每天都是七点半开始。我当时就坐在你现在的位置。"莉姐指了一下崔寒。

不知道为什么，被莉姐指了一下，崔寒觉得浑身不舒服。他欠了欠身，说："会不会是徐仲伟出去之后又回来了，所以你才会听到两次关门声？"

"不可能。"莉姐坚定地说，"我知道他，他绝不可能在这个时候回来。"

几轮对话下来，崔寒对莉姐有了初步的了解：她性情豪爽，有一副热心肠，但言谈间难免有些夸大之词。她的话不可不信，但也不能全信。

"说句不好听的，我是看着他得病的。雪青每天下午四点就要出去工作，家里就剩他一个人。我这个做邻居的，怎么也得留点儿心。"

"你觉得那天七点半的时候，有人来过？"崔寒瞟了莉姐一眼。

"肯定是。不然，他关什么门呢？"莉姐重重地拍了一下自己的大腿，"错不了。就是这样子。"

"你有听到敲门声吗？"

"这倒没有。"

如果莉姐所说的是真的，那就意味着有人曾在那个时候去过 801 室，而且这个人没有敲门。

虽然莉姐的话存在太多漏洞，崔寒还是问了一句："是不是陈雪青？"

"我不知道。"莉姐摇摇头，"我当时没出去看。"

"是个女人。"一个熟悉的声音从里屋传来。

屋子一下变安静了，就连莉姐也闭上嘴，屏住呼吸，等待着下一句。

"是一个女人。"老大爷又说了一遍。

"你知道什么？你又没看见。"莉姐冲着里边嚷嚷。

"我看见了。"老大爷说，"你忘了？你扫完地，让我出去倒垃圾。我从楼梯口出来的时候看到一个女人走进电梯。"

"是陈雪青吗?"崔寒立刻问。

"不是。"

"那是谁?"

"我不认识,没见过。"

"她长什么样?"

"我没看到她的脸,只看到了一个背影,反正不是雪青。她很瘦,头发很长,穿着一身西装。"

"你还看到了什么?"

"没了。我倒完垃圾就回来了。"

"你要是不清楚,就别乱说。你一天倒三次垃圾,谁知道你会不会记混了。"莉姐再次朝里面嚷嚷。

之后,里屋就再也没有声音传出来,也不见老大爷应答。

"在两次关门声之间,你还有听到什么声音吗?"崔寒问莉姐。

"嗯……我想想……"

趁着莉姐回忆的间隙,崔寒喝了一口茶。

"我想到了。"莉姐说,"我记起来了。大概在六点半的时候,也可能是七点,时间不重要。我听到隔壁传来一阵声音,像是……像是什么东西被撞倒了。对,就是这种声音,很大声。"

"你确定?"

"当然。"

"这个声音是在两次关门声之间？"

"是的。我敢肯定。"

这很可能就是徐仲伟的头部撞在茶几上发出的声音，崔寒心想。

自此，崔寒已经大致了解了案发当天的经过。当然，一切推论成立的前提是陈雪青和莉姐没有说谎。

11月19日的下午四点钟，陈雪青从北宁路出发，去了福悦小区。她用钥匙打开了801室房门，并且在下午五点到六点之间离开。至于期间发生的事情，没有人知道。两名当事人，其中一名已经死亡，另一名失去了这段时间的记忆。

陈雪青离开的时候，徐仲伟很有可能在责骂她，最后他重重地关了门——或者是陈雪青甩门而去。在下午六点到七点之间，徐仲伟突然发病，想去柜子上拿药，却不小心撞在了茶几上，导致心脏病发作。

到此为止，所有的事情似乎都合乎情理。然而，这个在七点三十分出现在电梯口的陌生女人又是谁呢？她为什么会出现在这里？

八楼只有两家住户。既然这个女人不是冲着莉姐一家来的，那么有很大的可能是来找徐仲伟或陈雪青的。这个女人没有敲门，她手里极有可能有801室的钥匙。

她进去干什么？这个时候，徐仲伟已经死了。这一点让崔寒觉得，也许徐仲伟的死还隐含着更多疑点。

　　还有另外一种可能。这个女人没有进入 801 室，即便莉姐听到了关门声，老大爷看到了她的背影。事实上，很多声音都与关门声相似，又或者莉姐听到的是老大爷倒完垃圾后关闭楼梯消防门的声音，而老大爷看到的背影仅仅是一个巧合——对方看到 801 室房门紧闭后就转身离开了。

　　这一点已经无从考证，除非能够找到这个女人。

　　"你别愣着呀。"莉姐说，"还有什么问题，尽管问我。我知道的，统统告诉你。"

　　"我问完了。"崔寒站起来，"打扰了。我该走了。"

　　"吃了饭再走吧。"莉姐热情地招呼着。

　　"不用了，我还得回去。"说罢，崔寒转身朝门口走去。

　　就在他走到门口时却突然停下脚步，转过身，问莉姐："你觉得陈雪青和徐仲伟的关系怎么样？"

　　莉姐往前走了几步，轻声说："依我看呐，就一个字：悬。"

　　"怎么说？"

　　"徐仲伟的这里有点问题。"莉姐指了一下自己的脑袋，"不发病的时候还好，要是发起病来，就像疯狗一样，见人就打，见东西就砸。"

　　"陈雪青呢？她是什么反应？"

　　"她能有什么反应？遇到这种事情，一个女人能怎么办？还不得挺起腰板，熬下去。要不是她搬了出去，这个家早就垮了。"

"这么说他们的关系很不好？"

"一看就知道你还是单身汉。老话说得好：久病床前无孝子。别看人家是多年的夫妻，一个有难，另一个肯定想走还来不及。更何况，他还是个疯子。"

"你见过他发病的样子吗？"

"当然见过。"莉姐抬了抬眉毛，"你可别说是我说的，不然我家老头子又要说我在乱嚼舌根了。那天老头子没在家，我听见一阵特别响的吵架声。于是，我推门出去。他们家的房门没关，我就凑在一旁听。你知道我听见了什么吗？"

"什么？"

"他们在闹离婚。徐仲伟打了陈雪青一巴掌，把她的脸都打肿了。"

"你看到了？"

"我当时在门外，没看见他动手。后来我见陈雪青左边的脸肿着，我猜肯定是徐仲伟打的。"莉姐继续说，"我在门口听了一会儿后，里面突然安静下来。接着，徐仲伟突然冲出房门，把我吓了一跳。"

莉姐轻轻地拍了拍胸口，说："当时陈雪青也出来了。徐仲伟跪在她的面前，求她原谅，还保证以后不会再打她。

这才罢休。"

"徐仲伟以后真没打过陈雪青吗？"

"怎么可能。他发疯的时候，还是会打人的。但他每次发完疯后，都会求陈雪青原谅他，还会把家里收拾得整整齐齐。要我说，陈雪青就是心太软，每次都原谅他。"莉姐撇了下嘴，"她虽然嘴上原谅了他，但是心里多多少少都会不舒服。你说，这样的日子能好过吗？"

也许徐仲伟觉得，只要把东西都收拾整齐，陈雪青就会谅解他之前鲁莽的行为，崔寒心想。正因为如此，他才会在狂躁症发作之后立马将家里所有的物品摆放得整整齐齐。这是强迫症的起因。久而久之，他甚至觉得所有的物品都必须成双成对：杯子要两个，花瓶要两个，药片要用两个小瓶子装起来，就连洗漱台也要安装两个水龙头。在他心里，这种具有强烈仪式感的行为会成为感情的保障。

"你又在嘀咕什么呢？"老大爷这时从房间里走了出来。

"啊，没什么。"莉姐笑笑，转头对崔寒说，"你们年轻人事忙，我就不留你吃饭了。有什么事情，尽管来找我。"

时间刚过正午，小区里鲜有行人。

从莉姐家到小区门口的路上，崔寒一直在思考那个陌生女人。以至于当小区保安向他打招呼时，他着实被吓了一跳。

"怎么了?"保安见崔寒的身体颤抖了一下,以为发生了什么事,讶异地看着他。

"哦,没什么。"崔寒干咳一下。

"对了,你要的监控录像我已经准备好了,你跟我到传达室拿吧。"

崔寒跟在他的身后,问道:"11月19日,大概下午六点半到七点半之间,是不是有一个面生的女人来过小区?"

"面生的女人……"保安停下脚步,思索了片刻,"对,是有这么一个人。大概在七点二十分的时候进入小区的。"

"你记得这么清楚?"

"那是自然。"保安的眉尖和嘴角动了一下,"这是我的工作。况且,那天总共就没几个陌生人进来。"

"你还记得那个女人的模样吗?"

"她的五官很精致,鼻梁很挺,身材瘦高,个头大概到这里。"保安用手在自己肩膀的位置比划了一下,"我记得她当时穿着一套西装,也可能是制服。我只看了她一眼。她走出去后,我就看不清了,光线太暗。"

"你们说过话吗?"

"她好像说要找什么人。我记不太清了。"

"她叫什么名字?"

"传达室的登记簿上有她的信息,我给你翻翻。"

正当保安将登记簿移到崔寒的面前时,一阵刺耳的喇叭声从传达室的右侧传来，将近半厘米厚的玻璃丝毫起不到隔音作用。

"你自己看吧，我先出去一趟。"保安抬头看了一眼后放下手里的登记簿，然后推门出去，查看外来的车辆。驾驶员执意要把车开进小区，保安不让，相持之下双方发生了争执。

崔寒完全没理会窗户外发生的事情，仔细地翻看登记簿上的信息。在翻了一页后，他看到了 11 月 19 日来访人的登记信息。这天的来访人数不多，总共就三个人。在当天晚上的七点二十二分，有一个叫钱敏的人进入小区，并在七点三十八分离开，后面还留有对方的身份证号码和手机号码。

崔寒两眼扫过这两串数字，嘴唇微微动了一下。

大概过了五分钟，那个驾驶员终于妥协，调转车头离开了。车子驶入街道时他还不忘按一下喇叭，像是在做最后的示威，让那些看热闹的人觉得自己在这场争斗中并没有输。

"咿呀"一声，铝合金门被拉开了，保安进来时嘴里还在嘟囔着。他走到崔寒面前，开始数落起那个驾驶员。崔寒完全没耐心听他发牢骚，打断了他的话："你确定 11 月 19 日晚上来的是个女人？"

"是啊。"极力想要证明自己的他不愿意在任何一次对话中处于弱势地位或遭到别人的质疑。他定了定神，指着登记簿上这个名字说："就是这个人。我看着她写的，不会错的。"

钱敏，对崔寒来说是一个完全陌生的名字。他相信保安说的话——盲目的自信一定是源于自己的亲眼所见。然而人往往会被眼睛看到的表象所蒙蔽，哪怕说话者自己坚信不疑，正如崔寒眼前这个年轻的保安。

根据保安所说，在当天晚上七点二十二分进入小区的是一个长发女人，可登记的身份证号码却是一个男性的号码——第17位是1。如果是女性，那么第17位应该是偶数。同时，按照身份证上的出生年月推算，这个人已经六十九岁了。显然，这个人填写完信息后，保安没有进行核实。看来，这个人的身份、名字、手机号码都是假的，唯一真实的信息就只剩下两个时间节点了。

另外，崔寒还是愿意相信钱敏是一个女人，保安和802室的老大爷都不约而同地描述出了她的轮廓和穿着。

她到底是谁？为什么要在徐仲伟死后来到福悦小区？她在来之前，是否已经知道徐仲伟的死讯？她有没有进入过801室？

崔寒没有继续追问下去，他知道从保安这里得不到更多真实的信息。在拿到监控录像的拷贝资料后，他回到车里，驶离福悦小区。

　　以往日的车速，从市中心到家最多半小时，即便是在交通拥堵的白天。可是，他今天却在外面逗留了一整个下午的时间。

　　他把车开进一条只有三米宽的小路上。小路的尽头是片菜田，除了来时的路连通着主干道，前方无路可走。

　　崔寒走下车，望着那片菜田出了神。此刻，他思绪纷乱，急需静下心来，将全部案件的来龙去脉好好整理一遍：

　　11月14日的深夜，尹单单从西泰大厦天台坠落。从现场调查结果来看，这不是一场自杀或者意外坠楼，而是谋杀。杀害尹单单的凶手正是西泰大厦的清洁员姜明。案件因为与尹单单有关，消息被封锁而被迫告终，姜明的杀人动机也随着两人的死亡永远不得而知，其中的诸多疑点也没有答案。让人感到匪夷所思的是：姜明为什么要自杀？这一点连同姜明在死前说的那段话，让崔寒觉得这件案件并非表面上那么简单。

　　在对坠楼案进行深入调查的同时，西郊山崖又发生了一桩离奇的命案：死亡人数同样是两人，死者的面部表情完全不同，这让其中一名死者王浩宁的死因变得扑朔迷离。显然，孙伟是被王浩宁推下悬崖的——孙伟让王浩宁同时失去女友和老乡，这正是王浩宁的杀人动机。

　　坠崖案与坠楼案有许多相似之处：第一，死亡人数都是两人，其中一名死者被另一名死者所杀，而杀人者又在完成谋杀后自杀；第二，加害人均是抑郁症患者，并且手背上均有一个红点；第三，加害人对受害人都怀有怨恨；第四，加害人的杀人动机不是最近才产生的，却是最近才被激发出来的。

基于这四点，崔寒觉得这两起案件存在着某种联系。尤其是第四点的存在，使他怀疑这两起案件背后还有第三个人的存在——"上帝"。这个人利用两名加害人的心理弱点——抑郁症，通过催眠找到他们的心理触发机制——杀人动机，尔后对其进行心理暗示。在他们完成谋杀后，又暗示他们自杀，从而中断案件的线索。这样一来，世界上就没有人知道他的存在，因为所有知情者都已经不在这个世界上了。至此，案件进入了瓶颈阶段。崔寒始终无法锁定这个神秘的"上帝"的真实身份。

而就在这时，位于福悦小区的801室发生了一桩命案。从表面上看，死者徐仲伟的死亡原因是脑部受到重创，真正的死因则是死者在当时突发急性心肌梗死。随着对案件的进一步调查，警方发现死者的妻子陈雪青患有抑郁症，并在死者死亡前的一段时间进入过801室。

崔寒找到了陈雪青，得知她患抑郁症的真正原因——一个噩梦，以及她之所以逃离丈夫的背后的故事。在跟陈雪青交谈的过程中，崔寒无意间看到她的右手背上有一个红点。这个发现让他觉得这三起命案也许存在一定的联系。即便所有的证据都显示，陈雪青没有参与谋杀，但崔寒还是对她产生了怀疑。同时，陈雪青的短暂性失忆让他怀疑她或许曾受到过刺激，而且在时间上与前两件案件相吻合。

现在，崔寒几乎可以确定这三起案件的相关性。

真正的幕后嫌疑人正在筹划一桩连环杀人案。

这其中还有几个疑点：第一，陈雪青为什么还活着？如果徐仲伟是陈雪青的目标，那么既然他已经死了，按照之前案件所呈现出的逻辑，陈雪青应该自杀。难道他们之间的关系并非自己所想的那样？第二，陈雪青为什么会出现短暂性失忆？在她失忆的这些时间里又发生了什么事情？第三，陈雪青的心理医生，也就是那位谢医生，与本案有什么关系？她为陈雪青治疗抑郁症，非常了解陈雪青的心理，并且她曾给陈雪青注射过异戊巴比妥。第四，那个假冒身份，在傍晚进入福悦小区的陌生女人是谁？为什么会在徐仲伟死亡之后出现在801室门口？她有没有进去过？

当崔寒从自己的思绪中跳脱出来时，天空已经暗了下去，周围的一切已看不真切。他从未觉得时间竟然能过得如此之快。此刻，在他的面前有两个突破口，分别来自陈雪青的心理医生谢医生和那个出现在801室门口的陌生女人。而且，他手里还有一份重要资料，那就是从福悦小区的保安手里得来的监控录像，也许就拍到了那个陌生女人。

崔寒回到家时，天已经彻底黑了。一个人走在黑暗的台阶上，差点被绊倒——他这才发现自己的脚步正在缓缓下沉，抬起的高度也在慢慢变低，本以为在这熟悉的环境中，就算没有任何光线，他也能安然走过——他忽然意识到，自己的注意力正在被一种神秘的力量牵引着。

在书桌旁坐下后，他立刻打开电脑，并从口袋里掏出U盘插入电脑右侧的USB接口，然后打开播放器，屏住呼吸，盯着画面。他很想知道，这个神秘的女人到底长什么模样。

他拖动鼠标，直至11月19日晚上七点十五分的画面。摄像头被安装在传达室的左边，正对着街道。由于小区入口狭窄，从这里通过的任何车辆、行人都会被摄像头一一记录下来。画面显示：

入夜，四下昏暗，一盏明晃晃的路灯散发着浅黄色的光，因为正对着摄像头，画面的左上方一直留有一个亮斑。画面的中间是街道，来往车辆的灯光将路面照得通亮。画面的最下方是街道一侧的人行道和小区入口。七点二十分，一个女人低着头从画面的左侧进入，很快就消失在画面中。她身材清瘦，长发及肩，穿着一身职业装。

是她吗？

崔寒将鼠标拖动到之前的位置，又看了一遍。

是她。

然而，以摄像头的角度，无法拍到这个女人的正脸。

七点三十八分，一个熟悉的身影再次出现在画面中。看来，她准备离开了。监控只能拍到她的背影，崔寒还是无法确定她的身份。

这时，女人突然停住了脚步。小区保安冲进画面，他朝女人指了一下，像是在跟她说话。女人转过身来，跟着保安往回走。过了半分钟左右，女人又一次出现在画面中。当她快走到人行道时，又转过身来，点了一下头，应该是和画面之外的保安打招呼。就在女人抬起头的瞬间，崔寒看见了她的脸。

这张脸竟然那么熟悉。

崔寒的思绪瞬间回到三年前。

三年前的毕业前夕，他跟拥有这张脸的人曾是即将步入婚姻的情侣。可那天晚上发生的那件事彻底改变了两个人的命运，以至于这三年来，他们再未见过面，也从未联系过。

然而，对方身上究竟发生了什么，导致她会如此决绝？对此，他一无所知。也许在这个世界上，除了她自己，再无第二个人知晓。

他一直记得那个画面：

对方决绝地说："我这辈子都不想再看到你。"

那个夜晚，分离的气息弥漫整片天空，似乎所有渺小的人和爱情都逃不过现实的催促。而他呢？因为一个不经意的举动，断送了自己的感情和对方的人生。自此，他再未做过此类事情。三年间，他从来不会主动给任何人打电话。至于手机通讯录里顾峻峰的信息，是对方抢走手机后，强行输入的。

崔寒定了定神。他的脑海里浮现出三个字：谢紫凌。这个利用假身份，在徐仲伟死后进入福悦小区的正是谢紫凌，也就是崔寒三年前的未婚妻。

陈雪青口中的谢医生是不是谢紫凌呢？如果是，她为什么会在这个敏感的时间出现在这里？想到这里，他的后背忽然开始冒汗。不过，他还是抱着一丝侥幸心理，因为毕竟没有人亲眼见到谢紫凌进入过 801 室。

与此同时，电脑屏幕的右下角弹出了一个对话框，提示他收到一封新邮件。崔寒的目光扫过对话框，看到了两个熟悉的字眼：寒哥。邮件是齐帅发来的，内容几乎都是一些道歉的话——因为自己忘记发照片这件事。崔寒直接略过文字，将目光转移到附件里的三张照片上。当他看完这三张照片后，他开始后悔打开这封邮件。

三张照片都是齐帅的自拍照，拍摄地点为徐仲伟家里通往卧室的走道。三张照片里都有一面镜子，镜子的中央是一个人正举着手机给自己拍照，仅此而已。因为拍照角度和曝光的问题，其中一张照片还出现了一个亮斑，对比之下，他的脸显得又暗又模糊。崔寒暗自摇头，然后关闭了页面。

他开始仔细回想自己在徐仲伟死亡现场看到的所有细节：

一进门就能看到留在客厅地面上的尸体痕迹固定线，标记出了尸体的位置和死亡时的姿态。死者头部正前方的茶几有被移动的痕迹，这是因为茶几受到猛烈撞击后偏离了原来的位置，茶几上的物品也凌乱不堪。除此之外，房间里的其他物品都整齐地摆放在原来的位置上。在案发之前，徐仲伟的神志是清醒的，家里的一切摆设也都井然有序。

如果现场有被动过的痕迹，那么就可以证明在案发后，曾有人进入过 801 室。只可惜，崔寒无论怎么努力回想，也找不到一处可疑的细节。

他觉得自己的脑袋开始隐隐作痛，甚至发涨，仿佛里面安装了一枚定时炸弹，随时可能被引爆。他站起身，趿着拖鞋，一只手捂住自己的太阳穴，另一只手扶着墙壁，艰难地朝卫生间缓缓移去。他打开莲蓬头，用凉水冲洗自己的头部。大概一分钟过后，疼痛感渐渐消除，取而代之的是一阵冰冷。他伸手从毛巾架上拽下一块干燥的毛巾。在擦干头上的水滴后，他才慢慢地平静下来。他将手掌撑在水槽上，尽量让身体保持平稳。

　　水珠在他的发丝末端再次凝结，从他的眼前掉落，顺着水槽光滑的曲面滑入漆黑的洞中，与阴沟里肮脏的污水融合在一起。他抬起头，任由水珠划入自己的衣领里，切身地感受它们冰冷的温度。他看着镜子中的自己，眼前的画面忽然变得模糊了。恍惚间，他看见镜子中的人嘴唇一张一合，发出一个熟悉的声音：你还没找到答案吗？很简单，答应我的条件，我就告诉你。

　　崔寒晃了晃头，打开水龙头，用凉水洗了一把脸，视线才慢慢变得清晰起来。以前，他只是单纯地不喜欢镜子，到后来，他开始讨厌一切能够反光的东西。

　　他再次凝视着镜子中的自己，最终，他看到的只是一个胸口在上下起伏的人影。正当他准备转身离开的时候，他的视线扫过镜框的底部，发现了一处十分有趣的细节。

　　镜子镶嵌在一个白色的镜框里，与墙壁贴合在一起，底部向外延伸出一个置物台，用来放置一些日用品，比如护手霜、牙杯、沐浴露、洗发水和洗面奶等。护手霜和洗面奶是顾峻峰硬塞给他的。原本它们都放在置物台的最右侧，前段时间齐帅来的时候动了一下护手霜的位置。因为崔寒一直用不到这两样东西，也就没在意它们的位置。

　　然而，这两件不起眼的东西却帮了他一个大忙。这还要感谢齐帅。护手霜和洗面奶都装在塑料扁管中，底部是

"一字型"的封口。当崔寒的视线扫过这两样东西时，眼前的画面似乎显现出一些异样：在置物台上，这两样东西底部的线条是平行的；而在镜子中，线条却不平行了。如果将镜像的线条向里延长，那么它们必定会相交于一点，这个点就是崔寒的眼睛所在的位置。

在素描里，这就是视点，而在镜子中所呈现出的画面其实就是一幅一点透视图。想到这里，崔寒手臂上的汗毛不由地竖了起来，因为他刚刚也看到了同样一幅透视图。

他随即回到书桌旁，打开邮箱，点开齐帅发来的邮件。当他看到附件中的一张照片时，不自觉地屏住了呼吸。照片中，硕大的镜子底部有两个水龙头把手，而它们在镜子中的成像竟然是平行的。这就意味着，在现实空间里，它们是不平行的。

从现场调查的结果来看，徐仲伟死后，家里所有物品都是摆放整齐的，只有客厅除外。如果徐仲伟还活着，他是绝对不可能允许这种情况出现的。唯一的解释是，有人在徐仲伟死后进入过801室，并且动了水龙头。这个人会是谢紫凌吗？又有谁能证明？

他忽然意识到，案件的序幕才刚刚拉开，当所有的配角完成了自己的使命后，主角这才粉墨登场。

第十一章

噩梦解析

离真相越近，离事实可能就越远。这是他对自己多年办案经验的总结。如今，他只有一条路可走——去做最后的求证。

当天晚上，崔寒在午夜十二点前就入睡了，工作至今，他从未这么早入睡过，也从未睡得这么安心，这种强大的安定感来自于对未来事件的预测。这种预测并不关乎结果的好坏，而是确定今后发生的所有事情都在自己的预想范围之内。

第二天清晨六点半，崔寒就醒了。他没有马上起来出门，按照陈雪青提供的地址到市图书馆对面找那位谢医生，而是静静地坐在床沿上。实际上，他的内心正经历着一次漫长的旅行。

有必要去趟警局吗？他问自己。

种种推论显示，谢紫凌的嫌疑非常大，她极有可能在徐仲伟死后进入过 801 室。可是支持这种推论的证据微乎其微，对方完全可以有充足的理由来反驳他。比如，她可以说自己是去看望陈雪青，毕竟她是陈雪青的心理医生，上门拜访是她的本职工作之一；她也完全可以否认自己进入过 801 室，而所谓的关门声和水龙头把手被动过的痕迹都不能算是强有力的证据。

假设这个推论成立，谢紫凌的确进入过 801 室，那么她又是怎么进去的？会不会是陈雪青给她提供了帮助？还有一点，如果谢紫凌就是真正的犯罪嫌疑人，那么在徐仲伟的这起案件中，她为什么只杀一个人？难道她不知道这样做会暴露自己的身份吗？而她又是如何预料徐仲伟会在这个时候突发急性心肌梗死，并且在神不知鬼不觉的情况下完成这起密室谋杀呢？

太多无法解释的疑点表明，揭示真相的时机尚未成熟。况且，他所认为的真相真的就是事实吗？离真相越近，离事实可能就越远。这是他对自己多年办案经验的总结。如今，他只有一条路可走——去做最后的求证。

出发前，他拿起放在书桌上的手机，看到屏幕上显示着"未接来电"，对方正是顾峻峰，来电时间是凌晨一点十八分。这个时候，他已经进入梦乡。

他打开通话记录，每一行都显示着三个字：顾峻峰——超过一半的名字都是红色的，他把手移到这个红色的名字上，只要轻轻往下一按，就能拨通顾峻峰的电话。可就在手指即将触碰到屏幕的时候，他停住了，随后他关闭手机屏幕，略微收拾妥当后便急匆匆地走出家门。

当崔寒到达市图书馆的时候，正是早上八点钟。街道上来往的行人虽然多，但很少有人会在哪里驻足，除了公交站牌和路边早点摊。图书馆的斜对面有一条过道，仅有两米宽，入口的上方写着几个字：谢医生心理咨询中心。

　　崔寒将车停在过道旁。下车前，他拿出手机，再次打开通话记录。在犹豫了将近两分钟后，他咬了咬牙，指尖终于触碰到了屏幕。他还是没有拨打顾峻峰的电话，只是给对方发了一条短信：我找到"上帝"了。随即，他又将这条短信的发送记录删除。

　　就在他发送完这条短信后，他感到前所未有的轻松，这种感觉是近三年来从未有过的。他觉得此时的自己思维格外敏锐、清晰，甚至连周围的空气都更加清新了。

　　他站在过道的入口，朝里面望去。虽然昨晚入睡前，他已经做好了心理准备，也对自己即将面临的局面进行了预测，但是现在，他全然没有了那份镇定，不光是因为自己将要面对的是未知的事情，更是因为他将要面对的是一位与自己牵扯甚深的故人。

　　他打开后备厢，伸手从一个袋子里摸了一样东西，放进自己的裤袋中。他深吸一口气，走了进去。

　　里面是一个院子，面积不大，四周种着一圈柏树，柏树间还有些蔷薇。院子虽然宁静，但气温却与仅一墙之隔的街道相差至少三度。与过道相对的是一排两层高的楼房，一层最右边的房门的门框上写着：谢医生心理咨询中心。

　　他抿了一下嘴，走到门前，像往常一样敲了三下。

　　"请进。"一个女人的声音从里面传来。

崔寒一下子没反应过来，他只是抱着一种试试看的心态，毕竟很少有人这么早就开始工作。

"门没锁。"女人又说话了。

崔寒伸出一只手，小心翼翼地将门推开。随着门与门框的缝隙逐渐变大，他的视野也一步步扩大。最终，他的目光停留在一个身穿浅灰色西装套装的女人身上。

房间的装饰很简单，浅灰色的墙壁上挂着一幅西格蒙德·弗洛伊德的黑白画像。一张黑色的长方形桌子放在房间中央的位置，桌上放着两杯咖啡，一杯靠近女人的位置，一杯靠近她对面的空椅子。其余的，就是一些文具、书籍等办公用品。

听到开门声后，女人转过身。出现在崔寒面前的是一张熟悉的脸。

她冲着崔寒微微一笑，不紧不慢地说："你来了。"

"你知道我要来？"崔寒缓缓地走到谢紫凌面前。

"是啊。否则我怎么会出现在这里呢？"她伸出手，做了一个"请坐"的手势。

"你没等很久吧？"崔寒摆正椅子，坐了下来。

"不多不少，比你早到三分钟。"谢紫凌看了一下手表，"你也很准时，从来没有迟到过，除了那一次。"谢紫凌平静地说。

崔寒没回答谢紫凌的话，他打量了一下四周，说："这几年来，你的变化很大。以前你不喜欢这种抑郁的氛围，我记得你曾经说过，暖色系能够让人的心情变好。"

"是啊。"谢紫凌毫不避讳地说，"我的确说过这样的话。可你知道，人是会变的。不过你还好，没怎么变。"说罢，谢紫凌凝视了崔寒几秒。

从他进入这个房间开始，他就感觉到谢紫凌一直在注视他。这种注视让他觉得很不自在，仿佛那些掩藏在内心深处的秘密已经在她面前暴露无遗，这让他感到自己越来越没有安全感。

短短几分钟，崔寒的内心就经历了两次波折：第一次，是他刚刚迈进房间时的紧张；第二次，是他看到周围环境时的惊讶。

谢紫凌却异常平静，如同一片平静的湖面，毫无起伏，即便她面对的也是一个久违的故人。

崔寒刻意避开谢紫凌的目光，笑了笑，说："你指的是哪方面？相比外貌，一个人最容易发生改变的还是内心。"

说完最后两个字时，崔寒瞥了谢紫凌一眼，只是从她的脸上看不出任何情绪波动。也许谢紫凌早就洞悉了他的心思。

崔寒接着说："但是，有些事情是很难发生改变的，比如习惯。很多人的习惯都会伴随他的一生，我想你也是。你以前做完任何事情后都会去洗手，你说触碰到除自身以外的事物会让你反感。"

"你的记性真好。这么长时间过去了，你还记得。"谢紫凌的脸上终于露出了笑容。然而，一个人最难解读的表情就是笑。

"你动过那个水龙头?"崔寒刻意隐去了其中一些关键信息，这样既不会让对方产生强烈的心理防备，也能够间接调控对方的情绪。

谢紫凌没有回答崔寒的问题，笑着说:"先喝咖啡吧，快凉了。"

崔寒举起咖啡杯，放在鼻子前闻了闻，又放回到原先的位置上。"谢谢你的好意,不过我没有早上喝咖啡的习惯。"

"是吗? 我以为你今天起得这么早会有一些困意，还特地为你准备了一杯。"说着，谢紫凌抿了一小口。

"没想到你对我的了解真不少。"

"有时，别人比自己更了解自己，你说对吗?"谢紫凌继续说，"人总是活在谎言之中。这种谎言不仅来自别人，也来自自己。其实，真正能够欺骗一个人的，还是自己。"

"人确实很难面对真实的自己。"

"不是很难，是根本做不到。你知道人一旦回忆起过往所有的经历，会怎样吗?"谢紫凌瞥了崔寒一眼，"他会发疯的。他承受不了这么大的痛苦，他的精神会崩溃。所以，他才会选择让自己遗忘，或者逃避到幻想中。"

"你也是吗?"崔寒假装看向前面的墙壁,目光顺道扫过谢紫凌的脸。

"当然。"

谢紫凌的坦诚让他有些意外。他以为她起码会掩饰一番,这是一个人在接受询问时的本能。谢紫凌又补充了一句:"任何人都是这样的。只要有集体的存在,这种心理就存在。一个人的心理创伤往往来自于另一个人。"

"的确。意外确实会让一个人的身体产生创伤,可是只有人才会让他的心理产生创伤。"

"你说得对。"谢紫凌的头往右侧稍稍倾斜了一下,"那么,他又该如何面对这个人呢?"

这时,谢紫凌开始下意识做出一些微动作,证明她的心理已经产生波动。

"两种方法。逃避,避免跟这个人的所有接触;遗忘,彻底忘记这个人以及跟这个人有关的一切。"

"如果他一开始忘记了,后来又记起来了呢?"

"不可能。他既然选择遗忘,就不会再记起来。在他的心里,他会对那段经历产生排斥。"

"你说的是一般情况,但在特殊情况下,他还是有可能恢复记忆的。"

"刺激。"

当崔寒说出这两个字时,他的脑海中瞬间浮现出了两张血淋淋的脸，其中一张带着笑容，另一张却面目狰狞。

"人为的刺激。"崔寒补充了一句。

"不管接受刺激的过程如何，我想问你，如果他恢复了记忆，他将会怎么做呢？"

"仇恨的累积让他无法冷静地正视过往，就连遗忘也起不了作用。他会选择报复。"

"怎么报复？"谢紫凌的呼吸变得有些急促，她死死地盯着崔寒的眼睛。

"极有可能做一些极端的事情。"

"比如？"她的眼睛睁得更大了。

"杀人。"

谢紫凌的右侧嘴角向上抽动了一下，同时发出"哼"的一声。"这么说，你也赞同这种做法？"

崔寒闭上眼，摇了摇头："我并不赞同，虽然我理解这种心理。"

"不杀人，那他该怎么办？"

"如果事态非常严重，他完全可以借助法律的武器来惩治对方。以其人之道还治其人之身，不见得是一种正确的做法。很多时候，他掌握不了这个分寸。"

"分寸？"谢紫凌的语气中带着鄙夷，"就算对方为自己的行为付出了代价又如何？他造成的伤害就能被磨灭吗？"

崔寒没有说话。

谢紫凌接着说："很简单，要么自我毁灭，要么毁灭对方。"

"是啊。"崔寒叹了一口气，"这也是人性的弱点之一。如果自己与对方实力相差悬殊，他可能会选择第一种方式。这也是很多人选择自杀的原因。但凡他觉得自己有一丝胜算，他更有可能会选择第二种方式。一个人无法从自己的过去中走出来，也就无法真正地原谅自己。在通向毁灭的路之外还有另外一种方式，他完全不必这么极端。"

"你错了。毁灭就是为了生存。只有先毁灭，才能更好地生存，即便肉体不在了。"

"你所说的是他们的动机，还是你的动机?"崔寒抬了抬眉，看着谢紫凌的眼睛。

谢紫凌的嘴唇又抽动了一下，她顿了顿，说："喝点咖啡吧，提提神。"

说着，她刻意将刺眼的白色咖啡杯举起来，在崔寒面前晃了晃。

"谢谢你的好意。"崔寒勉强笑了一下，"我喝杯水就可以了。"

"也好。既然你不喜欢喝咖啡，那我就端走了，可别浪费。"

谢紫凌伸出左手，拿起放在崔寒面前的咖啡杯，将咖啡倒入自己的杯中。接着，她从抽屉里拿出一打一次性纸杯，递到崔寒的面前。

　　崔寒抽出一个纸杯，走到左侧的饮水机旁，接了一杯凉水。

　　就在倒水的间歇，他大致回忆了一下刚才两人的对话。每当谈及与案件相关的细节时，谢紫凌表现出来的状态都是沉默不语，然后有意转移话题。她既不承认，也不否认，而是谈论起人的心理状态。

　　在她看来，杀人更像是一种自我救赎，无论死亡对象是谁。她是在暗示前两次命案的发生都有她的介入吗？

　　接下来，他觉得有必要询问一些与案件密切相关的问题。

　　"11月19日的晚上，你为什么要去福悦小区？又为什么会出现在801室的门口？你到底去那里做什么？"

　　"我该说你聪明，还是说你笨呢？从我认识你开始，你就是这副样子。"谢紫凌面无表情地说，"看来你所信仰的证据并没有帮到你。否则，我现在肯定在警察局的审讯室了，而不是坐在这里。你也不算太笨，至少发现了水龙头。"

　　"的确，你的背影被人目睹曾出现在八层的电梯口，但这并不能证明你进入过801室。可是，你的一个习惯出卖了你。"

　　"即便如此，依然不能证明我进入过801室。"

　　"这也是我今天来见你的原因。"

"你倒是很坦诚。也是，在我面前，你只能坦诚，否则我一样有办法让你原形毕露。"

"你是否也能坦诚地告诉我，那晚，你有没有进去过？"

"对，没错。"谢紫凌的语气仍旧十分平静，就像谈论一件与自己没有任何关系的事情。

"你做了什么？"

"也没什么，只是拿走了一样东西而已。一件不属于那里的东西。"

"是什么？"

"哼……"谢紫凌冷笑了一声，"你现在是不是心跳特别快？血压也一定在升高吧？我是不是曾经告诉过你，无论遇到什么事情都要保持冷静，否则后果不堪设想？我三年前说过的话，马上就要应验了……"

谢紫凌的话音未落，崔寒就觉得四肢开始发麻，紧接着，麻木感迅速遍及全身。他的视线也逐渐模糊起来，不管他多么努力地睁开眼睛，可依然看不清任何东西。他清楚地听到谢紫凌在喊他的名字，他能感觉到自己的手臂被人抬起来。渐渐地，他的意识开始涣散。接下来发生的事情，他什么都不知道了……

当崔寒恢复意识的时候，他觉得头发涨得厉害，仿佛随时都会炸裂一般。即便他一直闭着眼睛，但还是能够清楚地感受到有一道光线正照着他。

　　不知道过了多久，他的意念终于可以勉强控制自己的眼睑。他吃力地睁开眼睛，强烈的光线刺激着他的瞳孔，经过很长一段时间后，他才适应了光。但是，刺眼的逆光让他根本无法看清周围的一切。

　　我在哪里？

　　我为什么会在这里？

　　我在这里待了多长时间？

　　崔寒的脑海里充满疑惑。他清楚地记得，在昏迷前，自己的意识最后停留的地方是谢紫凌的办公室。那里的光线柔和而明亮，与这里全然不同，他断定自己已经身在别处了。他想揉一揉疲劳的眼睛，可是无论他怎么使劲，都无法驱使自己的胳膊。

　　"别费力气了，没用的。你已经被绑在一张椅子上了。"一个熟悉的声音进入他的耳廓。

　　"你为什么要这么做？"崔寒的声音低沉无力。

　　"很简单。你要是能好好地听我说话，我也不至于费这么大的劲把你弄到这里来。这一切都是你自己的选择。"谢紫凌的声音在空旷的空间里显得有些虚缈。

　　"你根本没有问过我，又怎么知道我会不会配合？"崔寒非常气愤，可他还是极力克制住自己的怒火，他不知道如果对方再次受到刺激，会做出什么样的事情。

"是吗?"谢紫凌停顿了片刻,"你自始至终都保持着一种警觉的态度。你说,在这种状态下,你能乖乖地听从别人的控制吗?"

"你不是我,怎会知道我的想法?"

"我当然知道。你的一举一动,我都知道。"

"你监视我?"

"哈哈哈……"谢紫凌几乎笑到岔气,"对付你,我根本不需要监视。"

谢紫凌喘了一口气,继续说:"我的预测向来没有出过错,可是,今天早上你竟然晚到了三分钟。我断定你在三分钟前一定已经到了门口了。你为什么不直接进来?你在犹豫。人在犹豫的时候,往往需要借助一些确定的事物来重建自信。所以,你带了一样东西进来。"

接着,在崔寒的正前方发出一声清脆的金属碰撞声。"我想,就连你自己也不知道你带在身边的这个东西是什么吧?"

"你搜我身?"崔寒努力挣扎着身体。摇晃中,椅子的两只腿脚与地面的摩擦发出刺耳的声音。

"好了。你就别费劲了,你是逃不了的。"谢紫凌缓缓向左侧移动,"我并不想搜你的身,只不过是为了验证我的猜测而已。事实证明,我猜对了。"

"什么猜测?"

"从你一进屋,我就看出了你的警觉。不,准确地说,

是疑虑。你的目的非常明确，就是想从我的口中得到一些
有价值的线索。假设，在当时那种情况下，你得到了想要
的答案，你会对我做什么？我还能继续实现我的计划吗？"

"你用药物迷晕了我。"崔寒尽量克制住自己的情绪，
保持语气平缓，"你在那个杯子里下了药。"

"你还不算太笨。话说回来，这也是你自己的选择。人
无时无刻不在做选择，可你偏偏做了这样的选择，你说这
种结果是偶然呢，还是必然？咖啡是安全的，但是你拒绝
了。其实，你排斥的不是咖啡，是我。为了验证我的猜测，
我只能继续对你进行暗示。你的抵触情绪让你对咖啡更加
反感。这个时候我就知道，那些早已准备好的东西就要派
上用场了。对你来说，喝水也不是心甘情愿的，只是为了
敷衍我。我对你太了解了，你的任何心理活动都逃不过我
的眼睛。最终，你还是入网了。"

"你竟然会用这种手段？"

"我说过，一切都是你自己的选择。你要为自己的选择
付出代价，不管是现在，还是以前。"谢紫凌深吸了一口气，
"好了，现在我们可以心平气和地谈一谈了。"

"你承认参与了徐仲伟的案件，他的死亡并不是一次
意外？"

"是，也不全是。"

"怎么说？"

"我想，你应该需要知道整件事情的始末。"谢紫凌顿了顿，"因为你也是其中的关键。我还为你准备了一份大礼呢。"

"什么？"崔寒突然睁大了双眼，但由于光线太过强烈，眼部的肌肉迅速收缩，只能眯成一道缝。

"你会知道的……"谢紫凌突然掉转了话题，"其实，前两件命案也是我主使的。"

"果真是你。你就是'上帝'！"

当听到"上帝"这两个字的时候，谢紫凌愣了一下。即便在黑暗的掩护下，崔寒还是能够感觉到她的气息发生了变化。

她干咳了一声，立刻恢复到刚才的状态。"看来，你知道的还真不少。我有点低估你了。"

"为什么要杀害他们四个人？"

"真正的原因还是出在陈雪青身上。"谢紫凌深吸了一口气，"想听听我的故事吗？或许你已经知道其中的一部分了。"

崔寒没有回答。

谢紫凌继续说："你一定听过陈雪青的梦吧，你知道她为什么会做那个梦吗？"

"梦的释义太多，我无法解答。"崔寒说道。

"这就是我们之间的差距。你能找到凶手，通过法律的手段惩治他。但你能真正治愈受害人内心的伤痕吗？只有我知道她的秘密，在这个世界上，只有我知道她最想要的是什么，也只有我能帮她实现。"

"她想要什么？"

"她要他死。"

"谁？徐仲伟吗？"崔寒紧紧地皱着眉头，强行将眼睛睁开。他不是没有过这种想法，可是这种想法的实现单靠陈雪青一个人是无法完成的，必须有外界因素的介入，而这个外界因素就是谢紫凌。

"没错。你也很诧异吧。"

"你介入了？"

"当然。没有我，陈雪青能做到吗？"

"说说过程吧。"

"别着急。我想你一定更想知道，我从徐仲伟家里拿走了什么吧？"

谢紫凌慢慢地朝崔寒走来，她的身体几乎挡住了全部光线。此时，她脸部的轮廓才依稀可见，却完全是另一副表情，与坐在办公桌旁优雅、干练的形象大相径庭。现在的谢紫凌，头发蓬乱，目光凌厉，眉宇间仿佛有一股摄人的力量。

她从上衣口袋里掏出两个小瓶子，用大拇指和食指夹住，在崔寒的眼前晃了晃。"我就是去拿这个东西的。"

"这是什么？"

"你不记得了吗？"

"放药的瓶子。里面装的可不是抗躁郁的药。你偷换了徐仲伟的药。"

"准确地说，不是我。我没有动手。"

"是陈雪青？"

"没错，可能她自己还不知道呢。哼……"谢紫凌又冷笑了一声，"可怜的人性啊。"

"难道是她在自己失忆的那段时间做的？"

"没错。所以，她根本不记得自己做过什么事情。"

"你到底让她在失忆那段时间做了什么？"

"看来你还没有考虑到这个层面，或者即便考虑到了，你也不知道所以然。我想，陈雪青应该告诉过你关于短暂失忆这件事。你仔细回想一下，她每一次失忆都发生在什么地方？"

"福悦小区。"

"没错。这个时候她会碰到什么人？"

"徐仲伟。"

"如果再给它一个准确的时间，那就是徐仲伟的狂躁症发病的时候。"

"你对她进行了暗示，让她替换了徐仲伟的药。"崔寒微微地点了点头，"怎么做到的？"

"对她来说，想要实现这个过程非常容易。那天下午她在去福悦小区前来了一趟我的办公室。之前，我已经对她进行过多次暗示。这一次，我要再加强一些。同时，我把两个装有药片的瓶子放进她的口袋里。当徐仲伟的狂躁症在她面前发作时，触发机制启动了，她接受了我的暗示。我告诉她，药就在她外衣的口袋里。可以想象当时的画面：徐仲伟开始对她怒吼，可能还会打她。她从口袋里拿出那两个瓶子，放在客厅的茶几上，然后转身离开了。徐仲伟从屋里追出来，对着陈雪青的背影大声责骂。"

"嗯……隔壁的莉姐确实听到了责骂声和关门声。"崔寒自言自语道，"但是，这里有一个漏洞。你让陈雪青带了两个瓶子，这样一来，客厅里就有了四个瓶子。徐仲伟会察觉不到吗？"

"他当然察觉不到，他还以为药瓶是他自己放在茶几上的。最后他还是吃了我提供的药片。过了一段时间后，他慢慢恢复了正常。他以为是药起作用了，可没过多久，狂躁症再次发作，想再去拿药。这时候，他心脏突然不适，阵痛之下，他的身体失去了平衡，以至于头部撞在玻璃茶几上。"

"就连这一点你也算到了？"

"那倒没有。我没那么神。这是意外收获。我能预测他狂躁症发作的时间和糟糕的心脏功能——可能连他自己也不知道。至于撞到茶几这种事情，只能归于意外。即便不出现这样的意外，他也活不了。"

"他难道没看到正前方柜子上的两个瓶子吗？药瓶的位置非常显眼。"

"你又错了，你以为那两个瓶子原先就在那里吗？"

"是你布置的？"崔寒手臂上的汗毛一下子立了起来。这样的谢紫凌是他前所未见的，这种转变也是他从未预料到的。

"是的。"谢紫凌平静地说，"你可能永远也猜不到那两个瓶子原来放在什么地方。我告诉你好了，在主卧床头柜的第二格抽屉里。那天晚上，当我看到徐仲伟的尸体时，我一点儿也不意外，可是他额头上的血迹还是让我挺诧异的。我进去后将茶几上的两个小瓶子收好，然后走到卧室，将那两个药瓶放到尸体正对面的柜子上，营造出一种意外死亡的假象。接着，正如你所说的，我来到水槽边洗了一下手。"

"你是怎么知道药瓶放在卧室里的？"

"这是陈雪青告诉我的。哦，准确地说，是她的潜意识告诉我的。当然，也包括房门的钥匙——就在门前的脚垫下。"

"如此，莉姐才没有听到敲门声，你是自己开门进去的。本来计划天衣无缝，你在神不知鬼不觉的情况下制造了极似意外死亡的现场，可是你还是被楼房的隔音和无意间拨动的水龙头把手出卖了。"

"我没有失败，我到现在仍然是成功的。这世界上只有你知道这件事，如果你不存在了呢？"

"哼……"崔寒冷笑了一下，神情严肃地看着谢紫凌，"你为什么要杀死徐仲伟？"

"我说过，不是我要杀他，是陈雪青要杀他。我只是在帮她实现愿望。"

"她曾经主动去警局接受调查，她怎么会想要徐仲伟死？"

"是啊，你不觉得奇怪吗？她的意识与潜意识是相反的。她的意识告诉自己，要爱徐仲伟，但她的潜意识却要杀掉他。这一切的缘由都隐藏在她的那个噩梦中。"谢紫凌继续说，"你还记得陈雪青梦境里的那个黑衣人吗？"

"记得，该不会……"崔寒下意识地睁大了双眼，屏住呼吸，"黑衣人就是徐仲伟？"

"没错。"谢紫凌的情绪有些细微波动，"就是他。"

"徐仲伟对她做了什么？"

"听我给你讲个故事吧。六年前的一个秋日傍晚，一个女人收到了朋友相约见面的短信。在一个树林，那里种着许多香樟树。于是她去了，并坐在其中一棵香樟树下等待，可是，她等了许久也没有等到那个朋友。天色暗了下来，四周一片寂静，她开始慌了。她想了想，起身准备离开。她一直向前走，可她发现自己迷路了，怎么走也走不出那个树林。就在这时，她感觉自己的身后闪过一个黑影，她更加害怕了，于是一直朝前跑。与此同时，那个黑影也一直跟随着她。她跑了很长一段距离后，发现自己回到了原点。那个人终于现身了。她一直后退，直到身体逼近后面的那棵香樟树。那个人渐渐向她靠近，他按住了她的双手，令她无法动弹。无论她如何撕心裂肺地呼喊，但是没有人会听到她的求救声。最后……"

谢紫凌的声音戛然而止。

"最后怎么了？"崔寒急切地问。

谢紫凌没有回答崔寒的问题。四周一下子安静了下来，仿佛连谢紫凌都消失在了黑暗中。

故事的结局毫无悬念：一个被原始本能占据了意识的男人会对一个毫无反手之力的女人做什么？故事中的女人正是陈雪青，而那个男人正是徐仲伟。可是陈雪青为什么还会嫁给徐仲伟呢？

谎言。最高明的说谎者是能欺骗自己的人。陈雪青对自己说了一个谎言：我是爱徐仲伟的。她不断地暗示自己，以至于连她自己也分不清什么是现实、什么是虚幻，只有她的潜意识保留了那段记忆，最终在她的梦境中呈现出来。由于记忆的模糊，场景被替换为公园，她才会认为公园的路灯是全部熄灭的，事实上，树林里又怎么会有灯光？

　　这就是隐藏在陈雪青潜意识里的杀人动机。不管她如何控制与掩饰，都改变不了这个经历。因此，她才会乐于接受谢紫凌的暗示。

　　"昨天中午，我见到陈雪青时，她似乎还不知道那个黑衣人是谁。"崔寒说。

　　过了几秒，一个熟悉的声音再次萦绕在他的耳边："那个时候，她的确还不知道。"

　　"你这是拿人的生命开玩笑。"崔寒加重了语气。

　　"你看我像是在开玩笑吗？我第一次对陈雪青进行催眠的时候，就确定那个男人就是徐仲伟。在陈雪青苏醒前，我又对她进行了暗示。我不希望过早地暴露这件事情的真相。否则，事情很有可能朝不可控制的方向发展。我不能保证陈雪青会有勇气继续活下去，这会破坏我所有的计划。"

　　"这是她自己的选择，你无权干涉。你不能在没有得到她允许的情况下替她做决定。"

　　"可是，她的愿望是那么强烈！"

　　"这只是你毫无根据的猜测！"崔寒气愤地说。

　　"你根本不懂！"谢紫凌几近疯狂地朝崔寒怒吼，这是她在崔寒面前第一次失控。她的声音突然变得轻飘飘的，"你知道她有多想让他死吗？做梦都想。这六年来，她无时无刻不在想着如何杀死对方，只是她的意识没有感受到。只有我听到了她内心的呼喊，是我帮她实现了愿望！"

"你胡说。就算她的潜意识存在杀人的想法，她的意识也未必会做出这种行为。你怎么知道，她最终会如何选择？"

"我当然知道。所有经历过这种事的人都会这么想。可悲的是，很多人做不到，只能带着仇恨继续生活。很多人像陈雪青一样，用欺骗自己的手段在这个世界上苟延残喘。谁能来帮她们解脱？只有我。"

"可是，你不是上帝。"

"哼……"谢紫凌冷笑了一下，"我虽然不是真正的上帝，但是我可以做那些人心目中的上帝。"

"按照你的逻辑，你不会让陈雪青活下去的，可是她并没有死。"

"两方面的原因。第一个，我要让她亲眼看到徐仲伟的死。我既然决定要帮她实现心愿，就不会让她带着遗憾去死。好好想想，前面的那些命案，哪一个人是先死的？还有一个原因，就是你。没有她，你也不会来这里。哦，不。有一点你说错了。"谢紫凌走到崔寒的身边，凑近他的耳朵，轻声说："陈雪青已经死了。"

第十二章

死亡代价

　　我以"上帝"的身份告诉她，人间是一个充满痛苦的炼狱，想要脱离痛苦，那就跟随上帝去往天堂。

"什么?"崔寒突然愣住。一秒钟之前,他还在为这件事感到困惑。

"很惊讶吧? 看来,这不在你的预料范围之内。"谢紫凌朝左前方走了几步,停在崔寒的面前。

"什么时候的事?"

"到现在……"谢紫凌顿了顿,"嗯……已经将近二十个小时了吧。"

"现在是什么时候?"

"你昏迷了三个小时。"

"这么说,陈雪青在昨天下午就死了?"

"是的,在见了我之后。"

"你对她进行了暗示?"崔寒提升了语调。

"嗯,她已经没有留在这个世界上的必要了。我已经帮她完成了心愿,作为交换条件,她必须把命交给我。"

"你为什么要在这个时候杀了她?"

"我说过,我要让她见证徐仲伟的死。本来我并不想杀她的,如果没有她,我甚至已经遗忘了那些曾经发生在我身上的事情。只不过,她太愚蠢了。"

"三年前的事，对不起。"崔寒低着头，愧疚地说。

"对不起有什么用。要不是你……"谢紫凌尽量克制住自己的情绪，"现在说什么都太晚了。"

"我知道，那个人给你留下了很大的心理创伤，可你也没有权利把这种伤害转嫁给其他人。"

"那些做了坏事的人都得死，他们要承担自己所种下的恶果。"

"你帮姜明杀了尹单单，帮王浩宁杀了孙伟，最后帮陈雪青杀了徐仲伟。你说陈雪青唤醒了你的记忆，那么你最开始接触的人应该是陈雪青，可是为什么却要先从姜明入手，把陈雪青留到了最后呢……"说到这里的时候，崔寒突然停下来，他的冷汗不由地从后背渗出来。谢紫凌曾说，陈雪青的存在是为了将他引来。那么，他也是谢紫凌的目标之一。

现在，崔寒全身被绑得结结实实，丝毫动弹不得。如果谢紫凌要在这个时候对他下手，他毫无还手之力，只能坐以待毙。只是崔寒不明白的是，既然自己也是谢紫凌的猎物，她为什么不在第一时间对他下手，反而等到现在？谢紫凌并不是没有杀他的机会。如果在办公室的时候，她将纸杯里的迷药换成毒药，那么崔寒早就死了。显然，她并不想这么做，或者说，这种杀人方式并非她的既定计划。

"你比我想象的要聪明。"谢紫凌的话打断了崔寒的猜想。

　　为了不让谢紫凌有更多窥探自己内心的机会，崔寒有意将对话内容转移到陈雪青身上。"可你最终还是把她杀了，你是怎么做到的？"

　　"想要对付一个愚蠢的女人简直易如反掌。昨天下午，我对她进行了催眠，把她再次带回那片树林。她终于看到那个黑衣人的脸。你能想象，当她意识到最仇恨的人正是自己老公的时候，脸上的表情有多扭曲吗？虽然我已经有了心理准备，可当我看到那种表情时，依然被震惊了。说实话，我从来没在任何人的脸上看到过那种表情，包括我自己。她活不了。

　　"离开前，我对她进行了暗示。在多重情绪的影响下，她的意志早就崩溃了。这时候，无论我对她下什么指令，她都会听从。当她回到家时，脑海中会浮现徐仲伟狂躁症发作时的情形。加上她已经知道徐仲伟就是那个黑衣人，她一定非常难受，那一刻，我对她下的暗示就触发了。

　　"我以'上帝'的身份告诉她，人间是一个充满痛苦的炼狱，想要脱离痛苦，那就跟随上帝去往天堂。厨房里煤气罐的阀门就是天堂大门的把手，只要轻轻地拧开，就会有天使来迎接她。"

　　"原来如此。"崔寒陷入了沉思，"你的计划看似天衣无缝，但也存在很多漏洞，比如，厨房的窗户可能是开着的、邻居闻到了煤气的味道后可能报警。这些都可能导致计划失败。更何况你不在现场，怎么能保证不会发生突发情况呢？"

"很简单，我曾经去过陈雪青的住所。她刚搬进去的时候，我还帮她打扫了卫生。自踏入房门的那一刻起，我的计划就已经开始实施了。厨房的外面就是街道，只要一打开窗户就能听到街上嘈杂的噪音。我知道她喜欢安静，所以打开窗户的可能性不大。为了防止意外发生，我对窗户做了些手脚，让它变得很难打开。我还建议她尽量不要开窗，保持安静，这样对她的病情有帮助。同时，我还查看了煤气罐。由于上一个租户使用过煤气，所以煤气并没有装满。这些煤气足以让陈雪青死亡，又不会造成大量泄漏，让周围人察觉。还有一个更重要的因素是，陈雪青家的房门与邻居的房门之间有一个拐角。谁会去主动理会一个刚刚搬进来的陌生邻居？别说是现在，就算再过几天，也不会有人知道陈雪青已经死了。"

她还是他三年前认识的谢紫凌吗？

崔寒不禁觉得眼前这个女人陌生，又恐怖。试想一下，当你和一个人分享生活中的喜悦时，对方却在想着如何利用这些细节谋害你，这会是一种什么感受？

"能说说姜明和尹单单的事吗？"

"那天下午，我是偶然间碰到的姜明。我当时心情很糟糕，走路的时候不小心被阴井盖上突起的螺丝绊倒了。姜明看到后，过来扶我。我们就这样认识了。"

"你为什么会心情不好？"

"大概在三天前，陈雪青突然来到我的办公室。当时我们并不认识。她说，她最近心情很沉重，感觉内心非常压抑，又无处诉说。我对她进行了测试，发现她有严重的抑郁症。她自己没有意识到，还在本能地压抑着情绪，包括自己的心理疾病。她把那个梦境描述给我听，说最近一段时间这个梦出现的频率越来越高。为了找出那个隐藏在她内心深处的困惑，我当天就对她进行了催眠。"

"你很喜欢用注射药物的方式辅助催眠？"崔寒问。

"没错。这样病人能更快地进入催眠状态，催眠的状态也更加稳定。在催眠的过程中，我找到了事情的真相——她用谎言欺骗自己，逼迫自己嫁给一个曾经伤害过她的人。

"这个梦境也刺激了我，让那些潜意识里的记忆瞬间释放出来。她跟我有相似的命运，同样是被伤害、被自己欺骗，更令人痛恨的是，她还跟那个人一起生活了六年。当她醒来的时候，已经恢复了记忆。她哭得如此撕心裂肺。大概过了两个小时，她的情绪才渐渐平复下来。我问她接下来打算怎么办，是报警，还是离婚？

"你知道我听到了什么答案吗？"谢紫凌走到崔寒身边，"她竟然想原谅他！简直愚蠢！当时我就认定，这个男人必须得死。他不仅伤害了一个人，更让对方丧失了自我救赎的能力。但是，在此之前，我还有一件重要的事情要去做。情急之下，我只能对她进行二次催眠，并通过暗示，抹去她对徐仲伟的那段记忆，让她保持一种平和的状态。你还记得钱立富吧？"

这是一个久远到让人以为自己已经遗忘但却永远无法真正忘记的名字。三年前，崔寒曾在市人民法院见过这个人。

"他入狱了，听说前段时间已经出来了。"崔寒突然警觉起来，"你杀了他？"

"这个人早就该死了。"谢紫凌恶狠狠地说。

"他已经受到了法律的制裁。"

"这够吗？他不还是安然无恙地出来了，而那个曾经被他伤害过的人却永远无法正常地生活了。他必须要为自己做的事情付出代价。他当时是怎么对我的，如今我要让他加倍奉还。"谢紫凌额头上的青筋清晰可见。

"尹单单不是第一个死的人，钱立富才是。"崔寒瞪大了双眼，"竟然到现在都没有人发现这件事。"

"哈哈哈……"谢紫凌大笑起来，"谁会在意一个罪犯呢？还是一个那么下贱的罪犯。"

"他的尸体在哪里？"

"他的尸体……"谢紫凌说，"就在你的下面。"

崔寒的呼吸一下子变得急促起来。钱立富的尸体就在他的脚下，与他仅隔着一层水泥。他仿佛觉得有一双无形的手正抓着他的双脚，使劲往下拽，想要把他也拽入地下。他很想把脚抬离地面，可无论怎么使劲也动不了分毫。

谢紫凌听到椅子与地面的撞击声后，冷笑了一声。"坐不住了吧。"

她继续说："我花了两天时间，查到他的住所。然后，我把他骗到了这间仓库。他见到我的时候非常惊讶，立马就跪了下来。

"你见过螳螂捕食蝈蝈的情景吗？螳螂将两只带有弯钩的前足举过头顶，打开后翅，身体瞬间扩大了数倍，同时，它的腹部开始不断地活动，发出阵阵轻微的声响。事实上，蝈蝈与螳螂还有一段距离，它完全有机会逃脱。可它被螳螂的一系列举动吓住了，竟然主动朝螳螂走去。当蝈蝈进入螳螂的攻击范围时，螳螂一下子伸出弯钩，勾住蝈蝈，用前足使劲地夹住它。这时候，蝈蝈才反应过来，只可惜它已经没有生还的可能了。钱立富就像这只蝈蝈一样，根本不会进行任何反抗，他的命运也跟蝈蝈一样。

"我在你坐的地方挖了一个坑，把他的尸体埋了进去，再用水泥将地面重新修整。我早就知道，这个仓库在不久的将来会再次使用。"

崔寒思考了片刻，"那天下午，你在见到姜明前刚刚处理了钱立富的尸体？"

"没错。原本我以为只要杀了钱立富，我的情绪就会恢复到之前的状态，但我发现，自己还是非常难受。我可以肯定的是，我没有后悔杀他，我只恨为什么三年前的事情会发生。"谢紫凌突然出现在崔寒的面前，死死地盯着他，眼神仿佛要把对方杀死。

崔寒眨了眨眼睛，问："你在什么地方碰到的姜明？"

"就在我办公室附近。当时他的手里拿着一本书，书脊处贴了一张图书馆的标签。他把我扶起来，送我到办公室。"

"他是个好人。"

"我没说他是坏人。"

"既然如此，你为什么还要杀了他？"崔寒的语气有些急促。

"我是在帮他。你不知道他当时有多痛苦。"谢紫凌接着说，"我一看到他的状态，就知道他有心理疾病。闲聊的过程中，我了解到事情的起因，也知道他为什么会心理抑郁。你可能也猜到了他的杀人动机。

"他说，尹单单的音乐曾经给他带来重生的力量，让他走过了那段黑暗的日子，但他发现自己从歌中听到的尹单单与现实中的她完全不同。在短暂的对话后，他的情绪转变了许多。"

"你对他进行了暗示？"

"没有，我没有对他做什么。我以为我们不会再见面，没想到四天后的一个下午,姜明突然来找我。他当时很狼狈,整个人处于崩溃的边缘。我问他原因,他说,尹单单今晚要入住西泰酒店。我问他想怎么做?他没有回答,可我从他的眼神中看到了杀机。那天,我对他进行了催眠。我在他的潜意识里找到了答案——他想要她死。我决定帮他完成这个愿望,作为代价,他也要付出自己的生命。"

"他同意了?"

"当然。"

"他当时处于模糊状态,所做的决定不具备法律效力。"

"正因为他处于模糊状态,他的决定才最能反映自己的真实想法。一个人的潜意识是不会骗人的,只有意识会,即便他欺骗的是自己。"

"这是一次不成功的暗示吧?过程中出了意外。"

"什么意思?"谢紫凌提高了语调。

"你可能不知道。"崔寒镇定地说,"他没有当场自杀,而是逃离了现场,躲了起来。"

"他没有接受我的暗示?"谢紫凌诧异地看着崔寒。

"也不是。否则,他就不会死了。在他临死前,我跟他进行了一小段对话。"

"他说什么了?"

"他说,他是受'上帝'的指引。想必这个'上帝'就是你吧?"

"你从那个时候起就知道我是'上帝'？"谢紫凌面露惊讶。

"不，我不知道，只是有一种预感，仿佛现场除了姜明和尹单单之外，还有第三个人存在，只是我没有找到任何可以证明的线索。"

"你是从什么时候开始怀疑我的？"

"从天井村——姜明的老家回来的时候，我几乎就确定了这种想法。我当时并不知道这个'上帝'是谁，只能肯定这个人擅长催眠和暗示，能够干预别人的行为。这个范围很大，况且我拿不出任何直接证据，根本无从查起。真正让我对你产生怀疑的是你在福悦小区留下的线索。但是，录像里的人脸和被动过的水龙头只能间接地证明你与徐仲伟的案件有关，也无法将你跟前两件命案联系起来，直到你告诉我陈雪青死亡的消息。"

"嗯。"谢紫凌满意地点了点头。

"还有一个问题。"

"什么？"

"你有没有对姜明说过那三个字？"

"哪三个字？"

"为了引尹单单到天台，姜明在电话里对她说了三个字。"

"他连这个都告诉你了？哎……"谢紫凌叹了一口气，

"那的确是一次失败的催眠，所幸没有影响结果。那三个字就是一个人名：秦学铭。"

"这个人是谁?"

"一个死人，因为尹单单而死。"

"原来如此。难怪尹单单会心甘情愿地听从一个陌生男人的话。"崔寒又问，

"那么，王浩宁和孙伟又是怎么回事? 你们的生活圈没有任何交集，你也不像是喜欢户外运动的人。"

"你的确是一个不错的侦探，什么事都逃不过你的眼睛。你既然去过那家器材店，就应该知道王浩宁和孙伟的事情吧。"

"知道。"崔寒点了一下头，"这跟你暗示王浩宁杀死孙伟又有什么关系?"

"我说过，不是我要杀人，是他想杀人。我只是帮他实现愿望而已。当然在这个过程中,我也会获得一定的收益。"

"你很享受杀人的过程?"

对有些连环杀手来说，杀人只是一种机械性行为，但在这种行为的背后却有一种心理在驱动，也就是所谓的失真的信念，也不排除有些人确实会在杀人的过程中获得快感。

"不是。"谢紫凌坚定地说，"我从没这么想过。自始至终，由我亲自动手的，就只有一个人。至于其他人，我们

都是互利互惠的关系。"

"你是怎么找到王浩宁的?"

"缘分。他注定要遇到我。"

这种缘分还不如不要。崔寒心想。

"你们第一次见面是在什么地方?"

"严格意义上来说,那算不上是见面,只有我看见了他,他没有看见我。还记得孙伟住的碧泽苑小区吧? 就连孙伟和他老婆都不一定知道,一直以来他们都被人监视着。"

"是王浩宁?"

"没错。"

"他竟然会去监视他们,他不是已经决定忘记那段过往了吗?"

"忘记? 谈何容易。这也取决于个人的意愿。就拿王浩宁来说吧,他的确做过一些具有象征意义的措施,甚至向自己的内心宣告:我这辈子都不想再跟他们有任何瓜葛。事实上,他真的能忘记吗? 换句话说,他想忘记吗? 他的主观意识告诉自己,一定要斩断跟这件事有关的所有联系,但他的潜意识却呈现出相反的态度。这也是我在对他催眠之后才知道的,跟陈雪青的情况有点儿相似。"

还是自我压抑的结果。人往往在找不到妥善解决问题的途径时,会把所有的怨恨埋藏在心里。这种负能量在潜意识里慢慢累积,时间越长,积怨越深,当某一天爆发出来的时候，自己也会觉得不可思议。可笑的是，他还以为自己能够控制得住。的确，他的意识具备控制身体的能力。但当他进入模糊的状态时，埋藏在潜意识里的怨恨就会井喷似的爆发出来。在这种状态下，如果有人窥探到了他的内心，找到开启潜意识的触发机制，那么就能轻易地对他进行暗示。

谢紫凌就是这么做的。

"你们是怎么认识的?"崔寒问。

"一天下午，我外出办事恰好经过碧泽苑小区。我看到一个年轻的男人从小区大门旁经过。这时，他下意识做了一个举动。"

"什么举动?"

"他忽然停下脚步，转过头，朝里面看了几眼。几秒钟过后，他才转回头，继续朝前走去。"

"这能说明什么问题?"崔寒问，"可能他只是恰好看到什么人，或者什么东西，多看了几眼而已。"

"一开始，我也是这么想的。当你第二次看到同样的事情发生时，你还会这么认为吗?还有一个细节。"谢紫凌继续说，"这是我第二次遇见他的时候发现的。当时，他正好站在道闸的前面，一辆轿车从小区开出来。一般人看到道闸升起都会自觉让道，可他还是直直地伫立在那里，就像丢了魂一样。最后，车主连续按了三声喇叭，王浩宁才反应过来。他对自己的行为也很诧异，好像自己不知道发生了什么。"

"这不是一种意识行为？"

"没错，这是一种由肌肉控制的机械性行为。这个时候，他的意识是模糊的，视觉和听觉都出现了偏差。他是睁着眼睛的，可他什么也看不到，什么也听不到。"

"他可能是走神了。也许是小区里的什么东西吸引了他的注意力。"

"你说得没错，小区里的确有东西在吸引他。"

"是孙伟和他的老婆陈秀梅？"

"对。"谢紫凌点了点头，紧接着，她又开始摇头，"准确地说，应该是仇恨，对孙伟和陈秀梅的仇恨。"

"你是怎么看出来的？"

"我当时还不知道。我无法单纯地从一个人的行为判断他的心理活动。导致一个人出现这种行为的心理因素有很多，我必须对他进行全面了解。况且，这只是我第二次碰到他。第三次，也就是王浩宁死亡的前一天下午，我特地来到到碧泽苑小区大门旁等候。果然，王浩宁再一次出现在我的视线里。"

"你怎么靠近他的？"

"像他这样的人，心理防御特别强，为了打破他的心理防御，第一次见面的仪式感很重要，一定不能让他感觉到侵略性。很多人愿意跟陌生人倾诉，却不愿意把秘密告诉自己的朋友，因为前者的风险较小。在很多事情上，朋友比陌生人更具有侵略性。我就是利用这一点，跟他产生交集。

"根据前两次的观察，我发现他大约会在小区门前停留五秒钟。我悄悄地跟在他的身后，当他停下来的时候，我再走上前，假装撞在他的身上，这一过程大概会消耗四秒钟。这个时候，他恰好已经回到意识状态。"

崔寒不得不佩服眼前这个女人，她把人的心理看得太透彻了。在她面前，对方完全是透明的，所有心思都会被准确无误地获取，更可怕的是，在这个过程中，他是无意识的，这些信息是他主动传递给她的。

谢紫凌知道如何快速、有效地跟别人搭讪，并且获取想要的信息。陌生人之间搭讪通常的做法是建立吸引，让对方产生兴趣。当然，还有一种快速搭讪的方式——让对方感激自己。

然而，谢紫凌没有运用这两套方法。她采用了一种更加简单、粗暴的方式——让对方产生愧疚感。即便一个人冷酷无情，当他产生愧疚感时，他的内心就会立刻软化下来。人可以坚决地抵制外界信息的干扰，但无法抵抗这种由内而外的情感。

"愧疚感。"崔寒脱口而出，"你想通过愧疚感来刺激他跟你交流。"

"没错。以当时的状况，这是最适合的手段。为了加深他的愧疚感，我特地在他面前摔倒了。"谢紫凌解释说。

"然后呢？"

"跟我想象的一样，他以为是自己不小心把我撞倒了。但凡一个有社会良知的人遇到这种场面都不会袖手旁观，扬长而去，更何况我跟他还有男女之别。雌性动物越是表现得柔弱，就越能激发起雄性动物的保护欲，人类也是一样。在这两种心理机制的作用下，王浩宁肯定会对我有所行动。不过，他的行为跟我预想的还是有很大差别。"

"你以为他会怎么做？"

"我以为他会扶起我，然后跟我道歉。我必须利用这个机会把话题延续下去。但他在扶起我的过程中一句话都没说，拉着我一直向前走，直到拐入一个弄堂。

"进入弄堂后，他说了句'不好意思'就准备转身离开。如果我让他这么走了，那么以后我将很难再有机会接近他。人往往会对突发事件的印象格外深刻，当他再次见到我时，他的大脑会立刻浮现出那天发生的事情，警惕性也会随之提高。既然第一招已经失去作用，我不得不采取更加激进的方式，我只好冲着他的背影大喊：'你怎么回事？绊倒了我，就想走！'"

"他当时是什么反应？"

"他很惊讶，没料到我会这么不依不饶。我说：'你站那里干什么？你知不知道走路的时候突然停下来，是一种非常危险的行为？你知道在高速公路上突然急刹车会造成什么样的后果吗？你停的地方还是别人家的门口。'"

"你这样咄咄逼人，难道不会吓到他？"

"不会。我说过，我们之间的交流有一个前提——性别差异。如果他遇到的是一个男人，他可能会感受到威胁，或许会产生愤怒，可站在他面前的是一个女人，这种胁迫感就不存在了。"

"你们的沟通就这样开始了？"

"是的。一开始，我们的交流还停留在很浅的层面，想要让他放下戒备还需要一样东西。知道'互惠原则'吧？一个人在释放信息之前，需要先得到对方的一些信息，这样他的心理才会达到平衡。"

"你告诉他一些关于你的事情？"

"没错，不过基本都是临时编撰的。"

"你不担心他也在说谎？"

"他没有这个必要，因为我们的目的各不相同：我要做的是获取有效信息，他纯粹只是想找人倾诉。在交流的过程中，我无意间将我的职业透露给他。

"当他得知我是一个心理医生后，他的眼神立刻变得警觉起来，可马上又放松下来。很多职业都天然带给人一种信赖感，比如警察、老师、医生。"

"你把他带到了你的办公室，然后对他进行催眠？"

"是的，我从他的潜意识里看到了他的欲望。"

"可是，你们才刚刚认识。"

"那又如何？作为一个交易者，我不需要知道对方是谁，只要满足条件，交易就能进行。"

"为什么把地点选在西郊山崖？"

"很简单，王浩宁和孙伟都喜欢户外运动。在自己熟悉的地方，人对环境不会产生抵触，能更容易接受我的暗示。姜明的谋杀地点也具有同样的性质。相比之下，王浩宁比姜明更容易接受我的暗示。"谢紫凌反问崔寒，"你知道为什么吗？"

"熟能生巧？"

"哼……"谢紫凌冷笑了一声，"在我这里从来没有'熟能生巧'这个词，即便是第一次，我同样对自己有信心。王浩宁与姜明最大的不同在于，前者是向往光明的。从我跟他的沟通中了解到，他希望自己被治愈、被救赎。这一点很难得。

"你知道世界上哪种人最可怕吗？有信念的人。为了实现自己的目标，他们可以无所不用其极。当我告诉他我能够帮他解脱的时候，他是不会拒绝我的任何指令的。"

"结局就是，两个人都坠崖身亡了。"崔寒说，"我还有一个问题：你为什么留下了陈秀梅？"

　　"做这个决定的不是我，是王浩宁。我知道留下陈秀梅一定会对我之后的计划有所影响，可我不得不这么做。我曾多次对王浩宁进行暗示，但我在他的潜意识里找不到相应的机制，终究还是失败了。我可以引导他做一些违背主观意识的行为，前提是必须遵循他的潜意识思维。"

　　"他还在乎陈秀梅？"

　　"可能吧。不管中间出了什么意外，计划还是要执行的。"

　　"你做这些有什么意义呢？对你来说，你已经杀了想杀的人，为什么还要杀害这四个跟你毫无关系的人呢？"

　　"你真想知道？"谢紫凌瞟了崔寒一眼。

第十三章 **灵魂契约**

今天这种结局已经是最好的了，每个人只杀自己想杀的人，谁都不越界，谁都要承担过去犯的错所带来的恶果。

"是的。"

他很清楚谢紫凌的目的，只是他不知道为什么所有的死亡都似乎集中在一个时刻？这个时刻有什么特殊的意义吗？

"很简单。"谢紫凌说，"因为我的计划还没有完成，我需要更多的线索和时间。"

"线索？时间？"

"没错。线索是给你准备的。没有线索，你怎么可能找得到我呢？又怎么可能被绑在这里？"

"从一开始，你的目标就是我。姜明、尹单单、王浩宁、孙伟、徐仲伟、陈雪青的死都是为了引我来这里？"

"你说对了一半。另一半是时间。我既要让你找到我，又不能让你很快找到我。"

"自始至终，你的计划里就只有两个人：一个是钱立富，一个是我。为什么不主动找到我，杀了我。这对你来说不难，为什么还要连累那么多人？"

"这还不是因为你。"谢紫凌怒吼，"这一切都是因为你。"

"你早应该杀了我。"

"你不该死在我的手里。你应该死在她的手里。"

"她是谁?"

"杀你的人。"

"想杀我的人不就是你吗?"崔寒死死地盯着谢紫凌的脸。

"没错,我是很想杀你,只不过我还没有找到动手的理由。"谢紫凌顿了顿,"随你怎么想。总之,有个人比我更合适。她杀了你后自杀。这样,'上帝'就彻底从这个世界上消失了。"

"这就是你想要获得的收益?"

"是的,我的角色更像一个中介人,帮他们促成交易,这些就是他们向我支付的佣金。"

"想杀我的人到底是谁?"

"紧张了吧。从我认识你到现在,还从来没见你这么紧张过。你真应该看看自己现在的样子,你才能深刻地记住这一刻的绝望与恐惧。"

崔寒无从辩驳。无论他如何努力集中注意力,全身仍旧会不自觉地颤抖,尤其是他那双手。

谢紫凌继续说:"我会让你见到她的。"

"她到底在哪里?"

"嘘……"谢紫凌把食指贴近自己的嘴唇,轻声说,"仔细听,用你的心去感受。"

崔寒闭上眼睛，他的大脑一直处于放空状态。他什么也没想，什么也不敢想。

"你……"

崔寒只是刚说了一个字，就被谢紫凌的话打断了："别说话。她，就在你的身后。"

崔寒屏住呼吸，冷汗瞬间浸湿了他的衣襟。不管他如何掩饰，所有的恐惧与绝望都在谢紫凌面前暴露无遗。他此刻的一切所思所想所为都是在谢紫凌的引导下进行，也包括他说的每一句话。如果说现在还处于博弈状态，那么崔寒已经被逼到了角落，没有任何退路，而对方则占据着绝对的优势地位。

他觉得自己的后脑勺一阵冰凉，这种感觉沿着脊椎直达神经末端。他的双手不自觉地抓住椅子的把手，呼吸也凌乱起来。

她一直在这里吗？

怎么从来没有发出过任何声音？

她的呼吸怎么会如此平稳？

她没有情绪吗？

还是因为自己一直处于精神紧张的状态，对其他事物已经无法清晰地感知？

"我看到你了。"崔寒突然大声说。

"没用的。"谢紫凌说，"她听不见的。"

"你对她进行了暗示？"

"从她看到你的那一刻，她就接受了我的暗示。"

"这么说来，我就是她的触发机制。我跟她认识吗？"

"你不一定认识她，但她一定认得你。小雪，过来。"

一个黑色的身影出现在崔寒的左侧。当他反应过来的时候，那人的脸已经一闪而过，只留下一个黢黑的背影。在一瞬间强烈的光照下，那人右手背上的红点显得格外醒目。

崔寒的目光从未离开过她的头部，直到她转过身来，面对着他。

崔寒凝视着她。女孩留着一头乌黑的长发，身着一套普通的运动服，昏暗的环境让他很难确定衣服的颜色。

"就是她。"谢紫凌走到崔寒的面前，与那个女孩并肩站在一起，"我跟你介绍一下，这位就是小雪。"

"小雪……小雪……"崔寒默念了几遍。他闭上眼睛，努力回想与这个名字有关的一切。

"我从来没有见过她。"崔寒摇了摇头，"也没有听过一个叫小雪的人。"

"先别急着下结论，你仔细看看她的脸。"谢紫凌按住小雪的头部，向前推，然后撩起她的头发，好让她的脸能够完全展露在崔寒面前。

"我的确没见过她。"

"你看她的轮廓，像谁？"

"啊……是她。"崔寒本能地往后仰了一下。

崔寒的思绪立刻回到了一年前的一个夜晚。那时他还是西泰警局的一名警察，跟顾峻峰是最佳搭档。

那晚，他和顾峻峰巡夜。凌晨一点的时候，他们路过一个弄堂。恍惚间，崔寒仿佛看到一个黑影在弄堂里闪过。由于有任务在身，崔寒只好让顾峻峰继续巡逻，他独自进入弄堂查看。

分开前，顾峻峰再三叮嘱崔寒："遇到紧急情况，千万别逞强。如果不方便大声呼喊，就立马打电话给我。"

弄堂的路灯格外昏暗，就连身后自己的影子都模糊不清。在经过一个转角的时候，他看见一个身材魁梧的蒙面男人正在抢一个中年女人的挎包。

他本想给附近的顾峻峰打电话，掏出手机看了一眼后，又打消了这个念头。于是愤然上前，与歹徒搏斗。

此时，黑暗中又钻出一名歹徒，继续抢夺女人的挎包。争执之中，歹徒亮出手中的匕首，在女人的左胸处刺了一刀。女人无力反抗，只能任由歹徒抢夺，那名歹徒得手后抛弃了同伴，独自隐匿在了黑暗之中。

当顾峻峰赶到时，崔寒已经制服了一名歹徒。然而，那个女人因为匕首刺进心脏，当场死亡。两名歹徒最终都受到了法律的制裁，崔寒在行动中也没有操作上的失误，但他还是因为那次意外放弃了自己钟爱的职业。

看到崔寒的反应，谢紫凌"哼"了一声。"那件事情，我想你这辈子都不会忘吧。你一定没有想到，自己当时的所有举动正好被一个人看见了。"

"她也在现场？"

"她就躲在角落里。你只要打一个电话，可能结果就完全不同了。"

"我不知道有两名歹徒在场，我还以为……"

"你以为……你当然可以这样为自己辩驳，可你还是无法逃脱这种结局带来的愧疚感吧。同样，你也无法用它来打消那个目睹所有事实的人对你的仇恨。"

崔寒没说话，谢紫凌继续说："看来三年前的那件事对你影响也不小，你还是不敢打电话。你知不知道，要不是你当时电话一直占线，我怎么可能被那个畜生……"

"我也不希望发生那样的事情。现在，你已经把他……"崔寒摇了摇头，"是。我们的确约好了在那里见面。可是导师临时找我有事。我后来再打给你的时候，你已经关机了。"

"继续，继续，继续你那些冠冕堂皇的理由。"谢紫凌冷眼看着崔寒，不屑地说，"你觉得这些理由能说服你的内心吗？能说服我吗？恐怕不能吧。否则你也不会如此惧怕打电话这件事。"

　　说着，谢紫凌拿出了崔寒的手机，在他面前晃了晃："你的通话记录里没有一个是拨出的，打进来的也寥寥无几。像你这种行踪不定的人，就算哪天横死了，也没有人会知道吧。"

　　"跟那件事没关系，我只是不想被人打扰。"

　　"很好。你到现在还在辩驳，你的这些话只能让我看到你的虚伪。真是一个虚伪的男人。"谢紫凌吐了一口气，"像你这样的人，我都不屑动手。她比我更合适。"

　　"这就是你的计划。"崔寒低着头，叹了一口气，缓缓地说，"你利用三起命案，将我引入你早已设计好的圈套中。同时，你故意设置关卡，提高案件的侦破难度，好为你争取足够的时间。"

　　"没错。"谢紫凌的情绪慢慢平复下来，"但你知道的也并非案件的全部。为了减少意外的发生，我必须将所有人的心理都分析一遍。我知道尹单单背后的势力非常强大，只要她一死，她背后的那些人必定会采取措施。只要两个当事人都消失，案件也就注定无法真正侦破。"

　　"你在案件发生前就已经料到了结局？"

　　"也不是。我只是预测事情朝这个方向发展的概率比较大。当然，过程中也会出现一些意外。"谢紫凌接着说："王浩宁也一样。我料定陈秀梅不会透露任何有价值的线索。在自私、羞愧、内疚等各种复杂情绪的综合作用下，她一定会隐瞒很多重要信息。即便这起案件中存在不少疑点，如果作为被害人的家属都没有提出异议，最终只会不了了之。这一点，你比我更清楚。我想，你一定面临着不少阻力吧。

"陈雪青就更不用说了。昨天中午你去找她的时候，她一定会告诉你一些信息。她的话既能让你产生怀疑，又无法直接定我的罪。我太了解你了，一旦发现一些端倪，你一定会孤身前往调查。我要做的就是算好时间，在办公室等你。"

"你早就设好了圈套。对你来说，我只能自投罗网。"

"你必须这么做。现在时机已经成熟，最合适的人已经找到了，还帮你撇清了所有闲杂人等。我们，哦不，是你们，是时候做个了结了。"

"你想干什么？"崔寒紧紧地盯着谢紫凌的眼睛。

"我早就说过，不是我想干什么，是她想干什么。我的任务就是帮她实现愿望。"

"你想从她身上得到什么？你帮她实现了愿望，那么你呢？"

"你想想我能得到什么。你觉得我会让自己吃亏吗？别忘了，在这场交易中我扮演的身份。"

"当然不会。"崔寒镇定地说，"你利用小雪杀了你想杀的人。"

"如果你从这个世界上消失了，那么我才算真正解脱了，再也不会有人知道我的过去。你知道这段时间我有多痛苦吗？"

"你以为这样做，你就能平静了吗？"

"当然。只要跟那件事相关的所有人都死去，我才不会再陷入那个漩涡。"

"你想想，这三年来，你不也生活得很平静吗？"

"哈哈哈……"谢紫凌大笑了起来，"那是蠢。我以为通过心理干预，让自己忘记那件事情，就能当没事发生一样。我也可以再次让自己忘记那段经历，可结果呢？这只是自欺欺人。一旦我恢复了记忆，我又会反复经历那件事情。我只会对人类越来越憎恨，我甚至控制不住自己的情感。今天这种结局已经是最好的了，每个人只杀自己想杀的人，谁都不越界，谁都要承担过去犯的错所带来的恶果。"

"姜明、王浩宁和陈雪青呢？他们跟你一样，都是受害人。你不是说只有犯错的人才该死吗？他们是无辜的。"

"他们无辜吗？他们死有余辜。他们也想杀人，最后也付诸了行动。你说，既有杀人动机又有杀人行为的人算无辜吗？

"你没有资格这么做。"

"好了。最后的时刻到了。今天就是我们最后一次见面。"

崔寒缓缓低下头。

谢紫凌继续说："那件事发生后，我以为我们再也不会见面了。我不想看到你，不想知道有关你的任何信息，我害怕一听到你的名字就会想起那晚发生的事情。你知道，当我恢复记忆，脑海中重新出现你的名字时，我有多惊讶吗？"

谢紫凌捏住崔寒的脖子，直视他的眼睛。"你猜我的第一个念想是什么？"

崔寒试图逃避谢紫凌的目光。

"杀了你。"谢紫凌完全换了一种眼神，从一开始的平静，转变为愤怒，最终变成仇恨，"只要你多活一天，我就觉得自己有多不堪、多肮脏、多落魄。"

谢紫凌放开手，后退了一步。

"你早就可以杀了我。在你杀死钱立富后，你也可以用同样的方式杀了我。那样的话，你可能更容易得手。"

"哼……你知道，我为什么要拖到现在吗？"

当一个人对一件事情产生抵触情绪的时候。这是一种心理逃避——因为不愿意面对，而无限延后。

"你还是不愿意动手。"崔寒喃喃地说。

"结局都一样。"说罢，谢紫凌从衣袋中拿出两把匕首，将其中一把放到小雪的手中。银白色的匕首在光线强烈的照射下显得格外刺眼。

　　随即，她走到崔寒面前，将另一把匕首塞进他的手里。然后，凑到他的耳边，轻声说："这个仓库是封闭的。如果你想出去，杀了她。放心，除了我，谁都不会知道。"

　　谢紫凌刚直起腰，又俯身对崔寒说了一句："你要是能从这里走出去，我们就两清了。"

　　随着脚步声逐渐变得微弱，她的身影也消失在黑暗中。

　　咔——

　　崔寒眼前一黑，什么也看不见了。

　　仓库里唯一一盏灯熄灭了，四周一下子被黑暗吞噬，所有的现代文明在这个"斗兽场"内荡然无存，只有仇恨、杀戮与求生。

　　"啊……"

　　崔寒的左臂被刺了一刀。刀口虽然不深，但他还是明显地感觉到衣服瞬间被血浸湿了。紧接着，一阵剧痛袭来，他的喉咙不自觉地颤动。他紧紧地咬住嘴唇，不让自己发出任何声音，否则只会让自己处于更加危险的境地。单薄的嘴唇一下子就被咬破，鲜血的味道直入口鼻，刺激着他的神经。现在，他觉得自己格外清醒，甚至比以往任何时候都要清醒。他掉转匕首，将匕身朝下，利用手腕的力量将绑在手臂上的绳索割断。

　　就在这时，他的左肩又中了一刀。幸好他的脑袋没有向左倾斜太大的角度，否则被刺中的也许就是眼睛或者脸。

　　他举起右手，用匕首在自己的胸前划了一刀，绑在身上的绳索立刻散落在地。他的上半身有了一定的活动空间，但是双腿的束缚还没有解除。由于对方握住武器的是右手，因此他的左侧更容易遭受攻击。他尽量将身体向右侧靠，避免心脏、肺部等重要器官被刺中。同时，他伸手将右腿上的绳索割断。

　　他艰难地往后挪动着身体。千钧一发间，他感觉有一阵风从他的面前吹来。他已经顾不上剩余的绳索，必须带着椅子逃遁，因为第二刀立刻划过了他的腹部。情急之下，崔寒抬起右腿，朝前方踢了一脚。他也不知道踢中对方的是哪个部位，只听见一声倒地声。

　　人遇到突如其来的攻击、疼痛或者恐惧时，最本能的反应就是尖叫。这是排解内心情绪最有效、最直接的方式。然而，小雪没有发出任何叫声。

　　崔寒没有多余的精力去理会这些事情。他现在唯一要做的，就是赶紧从这里逃离。他向后移动了三步，又向右移动了两步后，觉得自己暂时安全了。正当他弯下腰，割断左脚上的绳索时，他的身上又中了一刀。这一次，他被刺中的地方是右背。

　　难道，她现在正在自己的身后？

　　他的冷汗不自觉地冒出来，意识也开始游离。对他来说，黑暗并不是保护色，反而成了一种加速死亡的催化剂。即便在没有任何光线的情况下，对方也能感知到自己的位置，仿佛她的行动丝毫没有因为视觉的丧失而受到影响。可他呢？他对周围的环境一无所知，甚至不知道危险什么时候会降临、在哪里降临。

他不是没有任何反击的机会。他只要握住匕首，朝前刺去，或许就能刺中对方。就算成功的概率很小，也一定不会像现在这样处于完全被动的局面。

咔——

光线再次从屋顶上方照射下来，他忍不住闭上眼睛，伸出右手挡在眼前。

"不要动……"一个熟悉的声音传来，"再动一下，你就没命了。"

崔寒尽量让身体保持绝对静止，他的眼珠仍在不停地转动，搜索着一切有可能威胁到自己的信息。

"你还在这里？"崔寒回了一句。

谢紫凌没再说话。

崔寒慢慢地挪动着头部，他不能坐以待毙。前方和左右两侧没有危险，那么，小雪在哪里？他想起自己最后一次受伤的位置在后背，难道谢紫凌说的"不要动"是指不要抬头吗？

他不知道自己的身后发生了什么，现在自己还没有死，那就说明只要保持静止，就能暂时保证安全。他把所有的力量都集中到腿部，想趁机往前冲，同时他也想看看，这致命的威胁到底是什么。他的腿部肌肉紧绷着，已经做好发力的准备，心里默数着：一、二、三……

"不要动。"在崔寒即将发力的那一刻，谢紫凌又说了一句。

"知道什么是动物的原始本能吗？"谢紫凌继续说，"生存。任何动物存在的意义都是为了这件事情，尤其是食肉动物，它们会为了生存下去而激烈地竞争，直到死亡。人类的确接受了来自现代文明的暗示，以灵长类的身份自居，但终究逃脱不了原始本能的控制。"

"什么意思？"

"你还不明白吗？在这个封闭的环境里，你对她来说，意味着什么？"

"猎物。"

"没错，你就是她的猎物。但凡你有任何举动，她都会对你发起进攻。"只有猎物才会在碰到猎手时落荒而逃。

"你知道，你刚才离死亡的距离吗？仅仅不到一厘米。要不是我及时提醒，你现在已经被刺穿喉咙了。"谢紫凌说。

"这就是你的暗示吗？"

"什么？"

"我是猎物，她是猎手。"

"哈哈哈……"谢紫凌大笑起来,"不只这些。这个游戏是我为你量身定制的。在这里,你们互为猎手。你的身份同样既是猎物,也是猎手。这才是公平的对决,为了生存,你可以杀掉你的对手。"

"你简直丧心病狂!"

谢紫凌没理会崔寒的怒吼,接着说:"黑暗的环境对你太不利了。放心,这一次,我会打开灯,让你清楚地看着自己是如何被她杀死,或者如何一步步杀死她的。哈哈哈……"

一阵大笑之后,刺耳的声音再次消失在空荡的仓库中。

崔寒慢慢地转动着脖子。就在他的头部向右侧偏移了一点点距离时,他感觉到自己的脖子被某个尖锐的物体刺中了。是匕首。小雪的匕首已经抵在了他的脖子上。他的脑袋随即向左侧躲闪。这时,匕首也跟着移动。当他停止摆动时,小雪也停止了攻击。

崔寒想起了谢紫凌的话:只要他保持绝对的静止,小雪就不会以他为目标,就能暂时保证安全。

"你太令我失望了。你竟然不杀她。你的原始本能哪里去了?"谢紫凌朝着崔寒怒吼。

"你错了。虽然人类逃脱不了原始本能的影响,但是现代文明的产生,其中一部分原因就是为了抵抗这种野蛮的行为。有些本能可以保留,有些就应该被剔除。当一个人有足够的安全感时，他就不会为了生存而杀戮。"

"怎么可能？食肉动物怎么可能放弃杀戮。"

"我不会杀她。"

"好，很好。"谢紫凌长舒一口气，"你这么想，可你能保证她也这么想吗？她可是一心一意要杀了你。除非你死了，否则，她的暗示将一直存在。你不想杀她是吧，那我就让她来杀你。动手吧，小雪。"

尾声

当崔寒睁开眼睛的时候，他看到一片模糊的白色。

这是哪里？

我死了吗？

"寒哥，你终于醒了。冰彤姐，冰彤姐，寒哥醒了。"一个聒噪的声音从崔寒的耳边传来。

他努力想要撑起身体，可只要一用力，全身多处位置就产生剧烈的疼痛感。

"你醒啦。"赵冰彤的身影出现在他的视线里。

他尽量集中注意力，这才看清了赵冰彤的脸。

"寒哥一定是被割傻了，会不会是哪根神经被割断了？"齐帅一本正经地看着崔寒。

"你才傻了。大病初醒的人不都这样？你还站在这里干什么？还不去叫人。"赵冰彤埋怨道。

"哦，对对，我这就去叫医生。寒哥，你等着。"

"这是哪里？"崔寒虚弱地问赵冰彤。

"你现在在医院里。放心，所有的事情都解决了。"

听到这话后，崔寒闭上了眼睛。

当崔寒再次睁开眼睛的时候，他感觉自己恢复了一些力气。在生理盐水的作用下，体内的电解质达到了某种平衡。

"你醒了。"赵冰彤说，"医生说你已经度过了危险期，没什么大碍了，你不用担心。"

"哦。就你一个人？"

"是啊，他们刚刚回去，顾队说晚上来看你。你饿不饿？我给你削个苹果吧。"

"不用了。"

"我睡了多长时间了？"

"两天。"

"哦，待会儿，顾峻峰来的时候，你叫我一下。"

"寒哥……"

"哎哎哎，你不要叫他，让他多睡会儿。"

齐帅和顾峻峰的说话声吵醒了崔寒。他睁开眼睛后，顾峻峰立刻冲到床头："你醒了。吵到你了？"

"我没事。恰好你在，我有事要问你。"

顾峻峰站直了身体，干咳一声，转身对赵冰彤和齐帅说："你们先出去吧，在门口等我。"

"寒哥也真是的。刚醒来，就要赶我走。"齐帅嘟囔着，不情不愿地走出房门。

"是你救了我?"崔寒问。

"是啊。"顾峻峰点了点头,"我们赶到时,你已经受了非常严重的伤,一个女人正拿着匕首攻击你。"

"她怎么样了?"崔寒激动地说。

"谁? 小雪?"

"嗯,她是无辜的,是我对不起她。"

"你没有对不起她。该做的都已经做了,意外的事情,谁都控制不了。你后来叫我查的那个女人的信息我查到了,只不过还没来得及跟你说,就是她吧。"

"你是怎么找到我的?"

"你还记得给我发了条短信吗? 你说,你找到'上帝'了。你知道我当时有多惊讶吗? 这是你第一次发信息给我。跟你认识这么长时间了,你是第一次主动联系我。"

顾峻峰继续说:"收到短信后,我就知道你一定出事了。我们追查到你的位置,找到了谢紫凌的办公室。我们到达时已经人去楼空。通过调取图书馆附近的监控,才发现有一辆可疑车辆从那里开出。于是,我们立马组织警力,进行跟踪。出了市区后,车辆就从监控画面中消失了,我们只能逐一排查,最后才找到了那间仓库。我还是来晚了。"

"时间刚刚好。"

"哈哈,一场病竟然能改变你的性格。你现在会开玩笑了。"

"事到如今，所有的事情你应该都清楚了。"

"嗯。"顾峻峰点了点头，"所有地方都已经清查，包括陈雪青和钱立富的尸体。"

"谢紫凌，你们会怎么处理？"

"按照相关流程提起刑事诉讼。"

崔寒深吸了一口气，然后又长长地吐出。"我能见她一面吗？"

"案件审理期间，你最好别去，避嫌。听我的，对你有好处。"

"我还是想见她一面，可能以后就见不到了。"

"明白。这样，等定案后，我帮你申请去探视。到时候，你身体也好一些了。"

"好。"

一个星期后，崔寒出院了。

他回到家中，拉开窗帘，初冬的阳光射进房间，他静静地站在窗前，他从未感受到如此温暖的阳光。

手机铃声响了。

电话那头的顾峻峰说："我已经安排好了。你在家等我，我现在来接你。"

崔寒去过市看守所多次，这个地方对他来说并不陌生。

他已经许久没有踏进这道铁门，但对里面的环境依旧了然于心，知道哪一条路通往关押重犯的地方。

看守所的王所长亲自来接待，将他们带入接待室。"我已经接到了市局的电话，一切都安排妥当了。通知里只允许崔寒一人探视，顾队长可能要在这里等一会儿。"

"我没事。"顾峻峰笑笑说，"我在这里等着。真是辛苦王所长了。"

说罢，他又跟对方握了下手。

"顾队长客气了。"王所长转身对身后的一位狱警说，"小刘，你带崔寒去吧。"

"是。"小刘应声回答，"崔先生，请跟我来。"

崔寒坐在椅子上，注视着玻璃墙之内的谢紫凌。待对方拿起电话后，他也摘下电话。

"哼……"谢紫凌冷笑了一声，"你还是没有学会主动打电话。"

见崔寒没说话，谢紫凌继续说："不过，你也有了很大的变化，我竟然错估你了。"

"这就是人性吧。"崔寒温和地说。

"你说，如果我不这么犹豫，早点把你杀了，还会是这样的结局吗？"谢紫凌直直地盯着崔寒的眼睛。

"就算我不在了，你的逻辑也不是毫无漏洞的，因为还有一个人知道你的存在。"

　　"那个人是谁?"

　　"她就是你自己。在你的逻辑里,那个该死却没有死的
人始终存在⋯⋯"

《恶果Ⅱ:命运魔术师》
即将出版,敬请期待!

图书在版编目（CIP）数据

恶果 / 朱幽著 . – 北京：北京时代华文书局，
2020.1
ISBN 978-7-5699-3497-7

Ⅰ .①恶… Ⅱ .①朱… Ⅲ .①长篇小说－中国－当代
Ⅳ .① I247.5

中国版本图书馆 CIP 数据核字 (2020) 第 009129 号

恶　果
E GUO

著　　者┃朱　幽

✳
好·奇

出 版 人┃陈　涛
选题策划┃华小小
策划编辑┃唐　沁
责任编辑┃周连杰
封面设计┃尚燕平
内页设计┃蒋碧君
投稿信箱┃curiosityculture18@163.com

出版发行┃北京时代华文书局 http://www.bjsdsj.com.cn
　　　　　北京市东城区安定门外大街 136 号皇城国际大厦 A 座 8 楼
　　　　　邮编：100011　电话：010－64267955 64267677
印　　刷┃天津丰彩艺印刷有限公司　电话：022－29908595
　　　　　（如发现印装质量问题，请与印刷厂联系调换）
开　　本┃787mm×1092mm 1/32　印　张┃9.5　字　数┃170 千字
印　　次┃2020 年 5 月第 1 版　2020 年 5 月第 1 次印刷
书　　号┃ISBN 978-7-5699-3497-7
定　　价┃52.00 元